中华文化丛书

Collection Cultures Chinoises

Serie sobre la Cultura China

Chinesische Kultur für die Welt

中華文化シリーズ Collection Cultures Chinoises

Chinese Culture Series

Serie sobre la Cultura China 中華文化シリーズ

Chinesische Kultur für die Welt

中华文化丛书

Chinese Culture Series

中国功夫

◎关永礼 编著

江西出版集团

百花洲文艺出版社

中华文化丛书

ZHONGHUA WENHUA CONGSHU

编辑工作委员会

致 读 者

　　中华文化是世界上最古老的文化之一，也是中华民族智慧的结晶。它丰富的内涵，不仅充分表现出以华夏文化为中心的统一性，而且有着非常明显的多民族特点。中华文化的统一性，在中国历史上的任何时刻，即使是在多次的政治纷乱、社会动荡中，都未曾被分裂和瓦解过；它的民族性则表现在中国广袤疆域上所形成的多元化的区域文化和民族文化。而在悠久的历史长河中，随着中外文化交流的频繁，中华文化又吸收了许多外来的优秀文化。它的辉煌体现在哲学、宗教、文学、艺术里，它的魅力体现在中医、饮食、民俗、建筑中。数千年来，它不仅滋养着炎黄子孙，而且对世界其他地区的历史与文化产生了重要的影响。

　　在进入21世纪的今天，越来越多的人对中华文化产生了浓厚的兴趣。许多国家兴起了学汉语热，来中国的外国留学生也以每年近万人的速度递增。近年来，一些国家还相继举办了"中国文化节"，更多的外国朋友愿意了解、认识古老而又现代的中国。

　　为了展示中华民族的优秀文化，促进中华文化与世界各国文化之间的交流，我们策划、编撰了这套"中华文化丛书"（外文版名称为"龙文化：走近中国"）。整套丛书用中文、英文、法文、日文、德文、西班牙文，向中外读者展现了中华文化的丰富内涵。在来自不同领域的百余位专家、学者的笔下，这些绚丽的中华文化元素得到了更细腻、更生动、更详尽、更有趣的诠释。

　　整套丛书共分36册，从《华夏文明五千年》述说中国悠久的历史开始，通过《孔子》、《孙子的战争智慧》、《中国古代哲学》、《科举与书院》、《中国佛教与道教》，阐述中华民族精神文化的不同基因与思想、哲学发展的脉络；通过《中国神话与传说》、《汉字与书法艺术》、《古典小说》、《古代诗歌》、《京剧的魅力》，品味中国文学从远古走来一路闪烁的艺术与光芒；通过《中国绘画》、《中国陶瓷》、《玉石珍宝》、《多彩服饰》、《中国古钱币》，展示中国古代艺术的绚烂与多姿；通过《长城》、《古民居》、《古典园林》、《寺·塔·亭》、《中国古桥》，回眸中国古代建筑史上的璀璨与辉煌；通过《民俗风韵》、《中国姓氏文化》、《中国家族文化》、《玩具与民间工艺》、《中华节日》，追溯中国传统礼仪、民俗文化的起源与发展；通过《中医中药》、《神奇的中医外治》、《中华养生》、《中医针灸》，领略中国传统医学的博大与精深；通过《中国酒文化》、《中华茶道》、《中国功夫》、《饮食与文化》，解读中国人"治未病"的思想与延年益寿的养生方法；通过《发明与发现》、《中外文化交流》，介绍中国科技发展的渊源与国际交流合作之路。

这套丛书真实地展现了中华文化的方方面面，作者以通俗生动的语言，在不长的篇幅内，图文并茂地讲述了丰富的历史、故事、传说、趣闻，突出知识性、可读性和趣味性，兼顾多国读者的阅读习惯，很适合对中华文化有兴趣的中外大众读者阅读。

参加本套丛书外文版翻译工作的人士，大都是多年生活在海外的华人学者，校译者多为各国的相关学者。在本套丛书出版之际，谨向这些热心参与本项工作的中外人士致以崇高的敬意和感谢。

本套丛书由中国山东教育出版社、中国百花洲文艺出版社和中国湖南科学技术出版社联合出版。2009年9月，中国将作为主宾国，参加在德国法兰克福举办的国际书展。我们真诚地希望，这份凝聚着中国出版人心血的厚重礼物能够得到全世界读者的喜爱。

卢祥之

2009年1月15日

■ 李小龙

目录

引 言

　　20世纪70年代初，随着《精武门》、《猛龙过江》、《龙争虎斗》等电影的上映，香港演员李小龙那快如疾风闪电的拳脚功夫摄人心魄，征服了观众，使他声名鹊起。在西方，掀起了"中国功夫"热，"中国功夫"成了中华武术的代名词，李小龙成为家喻户晓的人物。美国报刊称他为"功夫之王"，日本人尊他为"武之圣者"。一时间，各种美誉纷至沓来，一代功夫巨星蜚声海内外。

　　其实，西方人对"中国功夫"的了解尚浅，李小龙独创的截拳道是他对传统中国武术的继承与弘扬，是他在对中国武术不懈研习与探索中的推陈出新。他为中华武术文化增添了新的亮点、新的门类。

　　中国文化是世界上仅有的绵延不绝、高峰迭起的文化系统，她色彩斑斓，气象万千。中国文化犹如一株参天大树，枝繁叶茂，上面缀满智慧之果，任人采撷。武术文化是她累

累的硕果之一。这株老树历久弥新，昂然挺立，充满勃勃生机。

　　武术，旧称国术，又称武艺，外国人称之为"中国功夫"。它为中国所独有，内容丰富多彩，功用宏大奥妙，凝聚着中华民族的智慧。融汇儒、道、释三家之说而建构出的博大精深的武学体系，蔚为大观，具有独特的民族风格和浓郁的民族文化色彩。大致而言，武术可分为持器和徒手两大类。这些以踢、打、摔、拿、击、劈、刺等攻防格斗技击动作为主的运动，遵循攻守进退、动静疾徐、刚柔虚实等运动规律，组成各种不同套路和对抗形式，变化无穷，形成千门万户、种类繁多、风格各异的流派。它讲究刚柔并济、内外兼修，以技击为中心，以强身为目的，蕴涵奥妙无穷的中国传统哲理，是中华民族的一项宝贵文化遗产。

◀《三才图会》枪法图

■ 少林寺习武（清）

发展历程

武术的起源：生产与劳动

武术在中国有着悠久的历史，它起源于古代先民的生产劳动实践。古代先民为了生存繁衍，在与野兽进行生死搏击、与敌人进行格斗中逐渐积累了劈、砍、刺等技能，这些原始形态的攻防技能成为武术形成的基础。人与兽之间的搏击和人与人之间的格斗对武术起到了直接的催生作用。

在原始社会，生产力低下，部落间为了生存而发生对土地、资源的争夺和战争时，原来用于生产的工具如弓箭、棍棒、刀斧、长矛等均可转化为战斗武器。而在战斗胜利或休息的时候，人们以舞的形式模拟再现战斗场面，这就是古代所谓的"武舞"。

中华文化丛书 ZHONGHUA WENHUA CONGSHU 中国功夫

▼ 山东临沂西汉墓帛画角抵图

角抵图 ▶

武舞，即手执兵器而舞，意在炫耀武力。武舞对后世武术套路的形成起到了奠基作用。随着社会的发展，为了适应战争的需要，武器日趋专门化。为了御敌自卫，武器的使用也逐渐形成了传授训练技击的专门化门类。随着城市的出现与繁荣，为了满足人们观赏娱乐的需要，技击经过加工提炼，以角抵（相扑）、舞剑等形式出现，被称为武艺，进而发展为武术。武术大致由技击、舞蹈与技巧组成，以技击为主，舞蹈与技巧融于其中。从搏击到技击，再从武艺发展到武术，是一个漫长的历史过程。可见武术是中华民族在长期的生产、生活与斗争实践中逐步形成的一种运动形式，是中华民族传统文化中的瑰宝。

"武术"一词最早见于南北朝时期（公元420～589年）梁太子萧统编纂的《昭明文选》："偃闭武术，阐扬政令。"讲的是偃武修文，化干戈为玉帛之意。1908年7月，《东方杂志》第6期转载同年7月《神州日报》上的一篇名为《论今日国民宜案旧有的武术》的文章，鉴于当时中国的积贫积弱，文中作者呼吁"欲求强国，非速研究此术不可"。1915年，上海《申报》刊发了一篇陆士谔撰写的文章《冯婉贞》，文中讲述晚清时京郊一个叫冯婉贞的十九岁女子抗击外国侵略军，说她"自幼好武术"。从此"武术"一词作为专有名词渐渐被社会使用。

从武术萌芽的出现到武术的形成乃至武文化的构建，历经了漫长的历史过程。其间，因对儒、道、释、医诸家思想文化兼收并蓄，武术成为一种内涵丰厚、最富中华民族精神特征的体育运动。武术又被称为国术，与水墨画被称为国画、京剧被称为国剧一样，被视为"国粹"，成为最能体现绚丽多彩的中国文化的代表。

厚积薄发的文化底蕴

中国武术有着极其丰厚的文化积淀，中国三千年前的古文字象形钟鼎文中就有代表兵器的象形文字。而中国古代的老庄哲学、孔孟道德、五行学说对武术的深刻启迪与影响，则是不争的事实。

从秦汉出土的文物中可以看到有关武术发展的蛛丝马迹。汉代盛行角抵戏，又称百戏，是一种集歌舞、戏剧与杂技于一体的表演形式，后世传承不绝。实际上，它是一种角力摔跤运动。唐河县出土的汉画像石《搏击图》、郑州出土的汉画像砖《击剑图》、徐州出土的汉墓画像石《看比武图》、南阳出土的汉画像石《手搏图》等汉代墓砖石像中，比武的人物形象呼之欲出，生动地再现了当时社会上崇尚习武和醉心观赏武术的社会风气。

导引，又称行气，是中国古代传统的体育锻炼医疗方法，它将呼吸运动与躯体运动相结合，以养气和血，舒筋壮骨，延年益寿。其中的"导气之术"是今天气功的鼻祖，"引体之法"开现代保健体操的先河。1973年，长沙马王堆三号汉墓出土了一幅帛画《导引图》，经修复后，使世人重睹了汉代导引术的庐山真面目。这幅帛画为彩绘，绘有四十四个人物形象，做各类导引动作，有立式的，有坐式的，有徒手的，有使用器物的，有的还模仿各种动物姿态，并附有文字说明。这是中国现存最早最完整的导引健身图谱，弥足珍贵地反映了古代体操的面貌。

上古神话传说中也有许多与体育和武术有关的故事。其中"夸父逐日"和"后羿射日"，在许多古代典籍如《山海经》、《淮

导引图 ▶

南子》等中均有记载。"夸父逐日"说的是古代一个叫夸父的大力士与太阳竞走，进入了太阳灼热的光圈之中，口渴难忍，就去喝干了黄河、渭河的水；仍感不解渴，又想去饮北方大泽的水。走到半途，口渴而死。死前夸父抛弃手中的拄杖，化为一片鲜果累累的桃林。"后羿射日"说的是上古尧帝时天上出现了十个太阳，灼烤大地，土地干涸，禾苗焦枯，草木晒死，百姓没有食物可吃，各种野兽趁火打劫，为害百姓。神射手后羿奉尧的命令，诛除恶兽。他弯弓发矢，一连射落九个太阳，只留一个太阳在天上。从此，百姓安居乐业，拥戴尧做了天子。

▲ 夸父逐日

　　夸父的擅跑与后羿的精于射箭都与古代武术息息相关，这两则瑰丽的神话生动地反映了上古人民与自然灾害拼搏的情景，折射出夸父、后羿为民效力的献身精神和英雄气概，他们的崇高品德和昂扬斗志鼓舞后人奋进不息。

持久不衰的赓续传承

　　武术大体上萌生于先秦，经汉、唐、宋、元逐渐形成完整的体系，至明清而臻于鼎盛。其间虽经历代兴衰隆替，但武术运动从未中止，而且代有创新发展，世有传承赓扬，可谓源远

射猎图 ▲

流长。

唐代以前，一些表演性质的武术项目如角抵、拳技、马球等已被宫廷接受，作为娱乐性的竞技活动不时举行表演。至宋代，民间武术活动日趋普遍，以健身娱乐为主的庙会和民间结社习武之风日盛，如徒手的"角抵社"和"相扑社"、射弩的"锦标社"、使棒的"英略社"屡见记载，武术得到广泛传播。明代，武术得到长足发展，形成了相当成熟的套路和对抗性形式，少林武术得以显扬，武术典籍纷纷问世。据记载，有拳法十六家、枪法十七家、棍法十余家。清代，以武功定天下，满族入主中原，虽严禁百姓习武，但民间习武之风潜滋暗长，各种秘密结社以底层民众为基础，通过会党结盟、秘密传教、拳会习武等方式广泛开展武术活动。仅以拳术而言，拳种门派林立，多达百种，使武术得到空前普及。

广泛深厚的群众基础

武术运动有广泛的群众性。武谚"拳打卧牛之地"，说的就是练习武术很少受场地条件限制，有一块能躺下牛的地方即可进行武术练习。历经数千年岁月淘洗，历代涌现出的武林英豪不胜枚举。民间藏龙卧虎，更不可小觑，一些不起眼的小人物或许就是身怀绝技的武林高手。

宋代欧阳修笔下记述了一则卖油翁的故事，颇发人深省。北宋人陈尧咨精于射箭，为当代第一，他本人也自诩为"小由基"。春秋时楚国的养由基善射，百步射杨，射穿七札，堪称神箭手。陈尧咨以他自比，颇为自负。一天，他在家中园圃射箭，有一位卖油的老汉放下货担站着观看了好久。他看到陈尧咨射的箭十枚之中有八九枚中的，仅微微点头而已。陈尧咨问他："你也懂射箭吗？我射得不很好吗？"老汉回答："没有什么，不过手熟罢了。"陈尧咨听了，有些生气，对老汉说："你怎么敢轻视我的射法？"老汉回答说："看我倒油就知道是怎么回事了。"说着，老汉从货担上取出一个葫芦，放在地上，用一枚铜钱盖住葫芦口，然后慢慢用勺子取油将油顺势倾倒下去，油从钱孔中径直流入葫芦，而铜钱一点没被油沾湿。老汉笑着说："我也没有什么，只不过手熟而已。"

徐珂《清稗类钞》记载了一则大侠甘凤池为樵者所败的故事。甘凤池是清代有名的拳师，他精通内、外家拳法和剑法，力大过人，平生

◀ 甘凤池像

7

急公好义，在江湖上名声如雷贯耳，有"江南大侠"之称。他创立的花拳又名甘凤池拳法，是当时流行的一种短打拳法。相传有一天，甘凤池带领群徒到市集上闲逛，一个担着柴的樵夫经过，不小心碰破了他的一个徒弟的衣服，这个樵夫连忙惶恐地道歉。甘凤池很生气，打了樵夫一个耳光。樵夫说："本来是无心的过失，而且已经道歉了，为什么还打我？"平时甘凤池打人耳光，无不应声倒地，而这个樵夫竟然直立不倒，而且还为此和他抗辩不屈。甘凤池更加愤怒，又出拳打他。谁知拳头还未到达樵夫的身上，甘凤池反而被击倒了。见到此情此景，甘凤池的徒弟们相顾大惊失色。这个樵夫斥责了甘凤池几句，然后不紧不慢地挑起柴走了。

清末民初，北京天桥地区逐渐形成一个五方杂处的闹市，成为平民文化的集中地。在这个平民游乐场所中，诸般艺人在此学艺、卖艺、传艺，功夫地道，各有绝活，其中不乏武艺娴熟的艺人。如绰号"大刀张"的张宝忠，不仅武艺高强，而且善于摔跤。他以舞春秋刀、刀里加鞭、力开硬弓等惊人绝技享誉当时。其子张英杰得其父真传。其孙张少杰承其家传，更别出心裁地创出以柔功进行举刀与拉弓的表演，可谓青出于蓝而胜于蓝。北京

北京天桥旧照 ▼

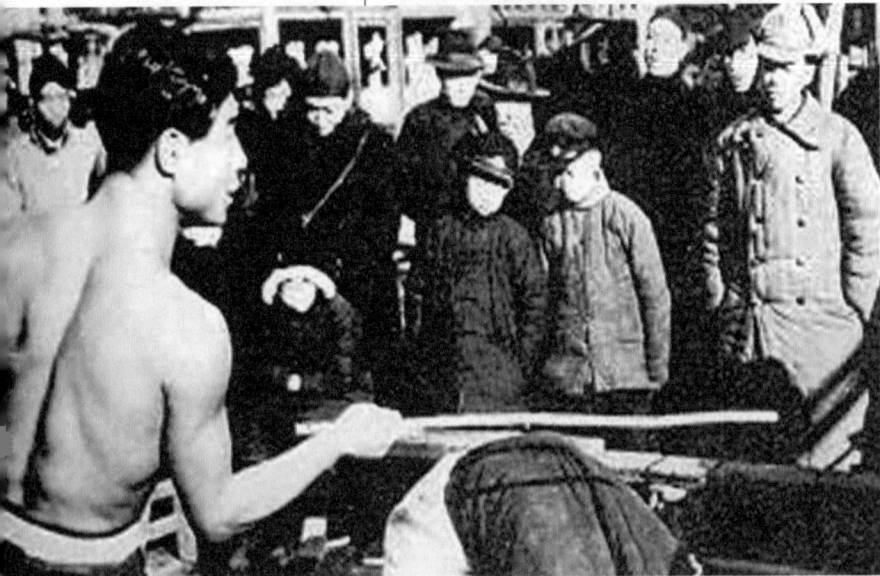

8

天桥中幡

跤坛名家辈出，百年间先后有沈友三（俗称"沈三"）、张文山（因属狗，世称"张狗子"）、宝善林（俗称"宝三"）等以善摔跤而闻名于世。宝三以纯熟的技艺使摔跤这一体育运动达到健与美完美结合之境。他还向北京艺人王小辫拜师学艺，学会了耍"中幡"的绝技。三十多斤重的中幡，幡柱为两丈多的粗竹篙，上挂一丈五尺长、二尺宽的幡面，将它举在空中，做出各种惊险动作，举重若轻，优美而沉稳，煞是好看。相传宝三练中幡有"见桥不倒"的惊人绝技，当年过北海金鳌玉蝀桥，桥上有东西两座牌坊，宝三持中幡迎面直立抛过，然后走过牌坊稳稳接在手中而中幡不倒，令人叹为观止，由此声震京城。至今其传人仍在文化庙会上表演绝活，成为人们击掌叫绝的传统节目。武术在民间的基础深厚由此可见一斑。

■ 单刀

武器流衍

十八般武艺

中国武术是世界上独一无二的一种武文化，在持器和徒手两类技击武术中，持器类有"十八般武艺"之说。十八般武艺，泛指各种不同武术器械的功夫与技能，对武将中的武艺高强者常用"十八般兵器样样精通"来形容。有关十八种兵器，历代说法不尽相同，一般是指刀、枪、剑、戟、棍、斧、钺、鞭、锏、锤、叉、钯、镐(挝)、铲、弓、弩、矛等。这些武器有长有短，有单有双，有近有远，有明有暗，有硬有软，打、杀、击、射、挡各式器械齐备，可谓形式多样。随着时代的演进，许多器型几经变化，有的已经消亡。

刀、枪、剑、戟、棍

刀，有"百兵之帅"的美称。根据形制，可分为长短两类，且有单、双刀两种套路，练法不同。刀以劈砍为主，动作勇猛剽悍，雄壮有力，威风凛凛，呈现"刀如猛虎"的雄健形象。因有单、双刀的练法，又有"单刀看手"、"双刀看走"的说法。

關壯繆

神威能奮蓋苍儔雅更和文
天日心如鏡春秋義薄雲

古吴雙松館主人謹奉

关羽像 ▶

历史上最负盛名的莫如三国时关羽使用的青龙偃月刀，后世称为关刀。特别是经过《三国演义》的渲染，关羽使用八十二斤重的青龙偃月刀，跨日行千里的赤兔马，温酒斩华雄，白马坡前斩颜良、诛文丑，千里走单骑，过五关斩六将，其神勇无敌、威震华夏的故事深入人心。关羽单刀赴会被关汉卿编写成元杂剧《关大王独赴单刀会》。历代王朝对关羽屡加褒封，以其"忠孝节义"教化臣民，奉之为"武圣"，武庙遍天下。道教更奉之为关圣帝君，将其神化。民间有"关老爷磨刀捉妖"的传说。京剧就有一出红净戏《青石山》，表演关羽擒拿青石山下惑乱世人的九尾狐的故事。在民间，关羽一手持刀、一手将髯的形象几乎成了"关老爷"的标准像。

《水浒传》中有个青面兽杨志卖刀的故事。杨志有一口吹毛断发、削铁如泥的家传宝刀，因遭变故，他被迫将珍爱的宝刀出卖。

清末大刀王五的故事更具传奇色彩。王五原名王正谊（公元1854～1900年），河北沧州人。他出身世代习武之家，从师学艺，拳法精熟，擅使大刀，名震江湖，人称"大刀王五"。后来他在北京开设"源顺"镖局，广交武林英杰，与著名维新派人物谭嗣同结交，成为谭嗣同的武术老师，授以刀法。戊戌政变前，王五赶到谭嗣同的住所，准备保护他逃离。谭嗣同已下定必死决心，反劝王五赶快离开，免被牵连。谭嗣同被捕下狱后，王五曾筹划劫法场，后因谭嗣同等"戊戌六君子"未经审判而被西太后下令迅速处死而未果。后来，王五在协助义和团抗击八国联军时被杀害。

枪，在诸多兵器中有"百器之王"的地位，别名"肩二"，又称"一丈威"，是武术长器械之一，以拦、拿、扎的枪法为主，辅以各种步法、身法，运动起来翻转自如，步法轻灵，灵活多变，势如游龙，有"枪扎一条线"、"去如箭，来如线，枪如游龙"等说法。由于活动范围大，要做到"开步如风，偷步如钉"。练习枪法可增加臂力、腰力和握力，素为武术家所重，是十八般兵器中难度较大、不易掌握的一种。

◀ 张飞大闹长坂桥

三国时张飞的丈八蛇矛颇为有名，《三国演义》中描写他手执丈八蛇矛，叱咤风云，驰骋战阵，神勇异常。戏词中形容他使枪(矛)的厉害："丈八蛇矛贯取咽喉。"因张飞被封桓侯，以至后世有"桓侯枪"枪法传世。

桓侯枪，又称老八枪、三十六枪。相传张飞托梦将其枪法传与他的一个禹姓外甥，禹家将张飞的枪法家传世继，历时千年不衰。清代河南汜水人苌乃周从禹让处学得张飞枪法，枪技出众，在乾隆朝夺得武考第三名，人称"苌三"。后来苌乃周又将苌家枪法传与高足柴如桂，柴如桂号称"枪法无敌"。

宋代，民间枪术已有派别之分。《水浒传》中描写了金枪手徐宁以钩镰枪大破连环马。而杨家"梨花枪"更是享有盛誉。南宋时山东潍州女杰杨四娘善杨家枪法。因杨家枪舞动时如梨花摇曳，又称梨花枪。她以"二十年梨花枪天下无敌手"而驰骋大江南北。

到了明代，武术家更重枪法，枪被尊为"艺中之王"。明代名将戚继光对杨家梨花枪备加推崇，并对其枪法纠偏补弊，加以发展变化，广泛用于军事训练，在抗击倭寇侵扰中发挥了极大的作用。

剑，素有"百刃之君"之誉，别称"三尺"。汉高祖刘邦自称："吾以布衣提三尺，取天下。"作为短兵器，剑以劈、刺、点、崩、撩、挂等多种剑法进行搏击，配以各种步法、腿法构成套路，手腕灵活，身法敏捷多变，姿态潇洒优美，具有刚柔相济、吞吐自如、气势连贯等特点，有"刀如猛虎，剑似飞凤"之喻。

中国古代有佩剑之风，上层社会的贵族士人以佩剑作为身份地位的一种标志。春秋时，吴越两国的铸剑术十分发达，著名的铸剑师有干将、莫邪。相传这对夫妇冶炼铸造的剑锋利无比，受到世人青睐。《搜神记》中曾记录了一则有关干将、莫邪为楚王铸剑被杀的故事。1965年湖北江陵望山一号楚墓出土了一柄越王勾践剑，此剑通长55.7厘米，柄长8.4厘米，身宽4.6厘米，剑身满饰菱形纹，剑格两面以蓝色琉璃镶嵌花纹。剑身靠近剑格处镌有"越王勾践自作用剑"的八字鸟篆铭文。这柄制作精良的剑跨越两千余年，保存完好，锋锷依然犀利，堪称绝世珍品。

◀ 越王剑

唐代有尚武任侠之风，唐诗中多有摹写剑客、舞剑之作。盛唐大诗人李白雅好剑术，他仗剑远游，心雄万夫，曾在长安市上手刃数人。贾岛的《剑客》诗"十年磨一剑，霜刃未曾试。今日把示君，谁有不平事"，寥寥二十个字，一个仗剑行侠的形象跃然纸上。最著名的是大诗人杜甫的《观公孙大娘弟子舞剑器行》，诗中记述了唐代开元盛世时著名女舞蹈家公孙大娘与其弟

吕奉先射戟辕门

吕布辕门射戟 ▲

子李十二娘舞剑器表演时观者如堵的盛况，酣畅淋漓地表现出其飒爽英姿。

戟，早在殷商时期的青铜兵器中就已出现，是在矛的基础上结合戈的特点创制的一种武器。长戟左右对称有月牙形的刃，叫小枝。后来戟的形制几经变化，汉魏三国时主要用于格斗，配备于步卒与骑兵，主要有剁、刺、探、勾、钻等多种手法。

著名的吕布辕门射戟的故事见于《三国志》。汉末，袁术派大将纪灵率三万人攻打驻守小沛的刘备，刘备向吕布告急求救。吕布在小沛西南的里安屯安营扎寨，请纪灵前来赴会，劝告他与刘备息战。吕布说："我吕布不喜欢争斗，喜欢为人家排难解纷。"他令人在营中举一支戟，告诉诸将："请看我射戟的小枝，一发射中请诸位解兵罢战，不中可以准备决斗。"随后，他举弓发矢，一箭应声正中小枝，诸将皆惊，各自罢军。这个史实被小说家编写进了《三国演义》，又被戏剧家编出了《辕门射戟》的名剧，绘声绘色地再现了这一历史场景。戏中吕布使用的戟成了有名的"方天画戟"。

戟在隋唐五代时期已淡出战阵，只在偶然的场合中使用。门戟后来作为仪仗陈列，亦用于进行武术表演。看到它矫如游龙、翻江探海般地上下飞舞，足以令人目眩神迷。

棍，有轮、杵、杆等异名。拳谚有"棍打一大片"的说法。武术长器械中，棍主要以抢、劈、扫、拦等手法为主，配合各种步法、身法，力贯棍端，身棍合一，其特点是快速威猛，棍法密集，伴有旋扫和舞花动作，呼啸生风，打击空间大，收"棍打一大片"之功效。

历史上棍术流派纷繁，风格迥异。宋代对武术十分重视，通过武举选拔武艺人才。开国皇帝赵匡胤自幼习武，武艺高强，尤善使棍。有一出昆曲《送京娘》，描写的是赵匡胤未发迹时仗义行侠、锄强扶弱的故事。赵员外之女京娘在赴华山烧香还愿时被山寇所劫，事为投亲不遇的赵匡胤所闻。他为京娘打抱不平，携带京娘逃离，山寇尾随追杀，赵匡胤舞动大棍，奋勇御敌。之后他千里迢迢，不辞辛苦护送京娘归家，留下了英雄救美、不图回报的千古美谈。事被明人冯梦龙编入《警世通言·赵太祖千里送京娘》。

棍术以明代最盛。抗倭名将俞大猷以武术训练军旅，著有《剑经》，是一本阐述棍法理论、棍法技艺的武术专著。他总结历代习武经验，汲取当时著名拳家的传授，提出"顺人之势，借人之力"等棍法创见，用于临阵实战。少林棍天下闻名，素有"棍为少林功夫之魁"之称。明代中叶，倭寇（日本海盗）时常在中国沿海一带烧杀抢掠，成为严重边患。这些倭寇使用制作精良的倭刀，刀法诡秘奇诈，加上配备火器，明边军难以抵御。嘉靖三十二年（公元 1553 年），少林武僧月空接到南京中军都督万表的檄文，带领三十余名僧兵，奔赴松江，与倭寇展开殊死搏斗。他们手持长七尺、重三十二斤的铁棍，大显神威，个个骁勇善战，杀得倭寇闻风丧

▼ 少林拳棒刀枪谱

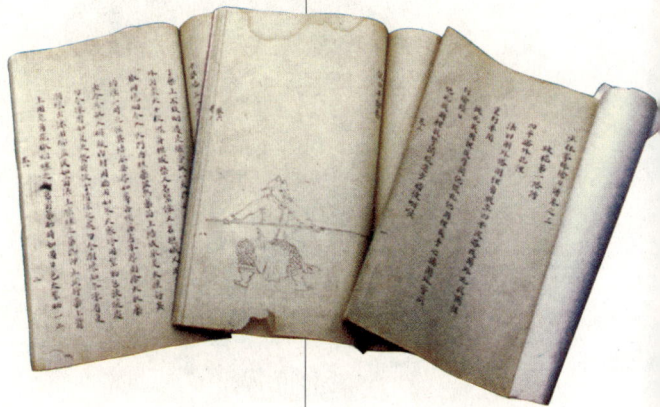

17

胆，落荒而逃。后因救被倭寇劫持的百姓，三十余名僧兵陷入倭寇重围，全部为国捐躯。嘉靖四十年（公元 1561 年），倭寇再次侵扰东南沿海，俞大猷奉调从山西大同赴江西，南征途中路经河南，特访少林寺，考察少林棍法。他认为寺僧所演练的棍法"失去古人真意"，遂尽传其棍法，赠与《剑经》，并收寺僧宗擎、普从为徒，随军出征。这些武僧在平倭战斗中与敌鏖战，屡建奇功。经过战争洗礼，宗擎、普从将实战中学到的棍法传给少林寺僧，使少林棍术得到发扬光大。茅元仪在刊刻的《武备志》中称："诸艺宗于棍，棍宗于少林。"再加上少林拳法的日趋成熟，唐顺之称"少林拳法世稀有"，遂使少林功夫风行海内，享誉中外。

宋人笔记也有许多瓦舍勾栏中表演武艺的记叙。宋代，随着经济繁荣，商业发展，市民阶层壮大，都市中涌现出许多群众性游艺场所——瓦舍勾栏。瓦舍勾栏的出现，为许多职业艺人提供了相对固定的表演场地，可以表演各种技艺。如《梦粱录》、《都城纪胜》、《醉翁谈录》等书中记载，在瓦舍勾栏中有"使拳"、"使棒"、"舞斫刀"、"舞剑"表演的，也有说书的艺人。说书的底本——话本有多种分类，其中"朴刀"、"杆棒"专门讲述舞刀弄棒一类故事，显然是以作品中的人物所使用的兵器而得名。

中国古代的兵器多达百种以上，

陶塑相扑（宋）▼

18

除十八般兵器之外，还有名目繁多的武器。如弓弩作为远射的冷兵器，不仅有极强的杀伤力，而且历史久远。但这些兵器有的在历史的长河中已被淘汰出局，有的至今很少使用，有的则濒临失传。

值得一提的是，武术中还有一种平时隐匿暗中、出其不意实施突袭的武器，即暗器。这些暗器体积小、重量轻，便于携带，可分为手掷、索系、机射、药喷等几大类，如飞刀、袖箭、梅花针、金钱镖等。武林中讲究单打独斗，暗器用来防身，非在不得已的险情下不可使用暗器制敌伤人。受传统思想熏染及重视武德的影响，绝大多数的武术家均以武功取胜，鄙视艺不如人时使用暗器的伤风败德行为。

武术不仅有单练，也有对练、集体演练，且有格斗、散打、推手等对抗性项目。这两类运动形式既有区别又有联系，各有侧重，互为补充。散打又称散手，是用各种拳术的零散招数按一定规则进行徒手格斗，以踢、打、摔为主要内容，属于武术对抗性竞技项目。散手的历史悠久，早在汉代即已出现"手搏"，即徒手进行搏斗的记载。1975年，湖北江陵凤凰山秦墓中出土的一件木梳上，绘有一幅手搏的彩色漆画。画面上三个男子，上身赤膊，下穿短裤，腰间束有带子，右边二人正在进行手搏比赛；左边一人双手向前伸指，为比赛的裁判，生动地表现了当时进行比赛的情景。

■ 清木刻摔跤图

擂台风云

古代有打擂台之风，即在特设的台上互相击打，以决胜负高下。形式通常有两种：一种由主办方（桩主）摆擂台，能武者上台与之较量，称为"打擂"；一种为主办方设台，比武者按照报名程序上台比试，取胜者留在台上，以决出武艺最高者，称为"擂台赛"。相传宋代宫廷和民间已有打擂比武。虽为切磋武艺，但一般要比出输赢，甚至还要立下"生死状"。比赛前广告周知，擂台两侧多悬挂"拳打南山猛虎；脚踢北海蛟龙"一类的楹联，赛时观者人山人海，熙熙攘攘，人头攒动，助威喝彩声不断，气氛十分热烈。这种武术比赛不仅紧张激烈，

中华文化丛书
ZHONGHUA WENHUA CONGSHU

中 国 功 夫

◀ 技扑擎天柱

而且具有观赏性，还衍生出比武挂帅出征、比武招亲、除暴安良等许多故事，如呼延庆打擂、杨七郎打擂，至今广为流传。话本《杨温拦路虎传》叙述了东岳泰山举行的一场杨温与马都头的棍棒擂台赛，时间为农历三月二十八日东岳神诞庙会，设有"献台"，即擂台。裁判称"部署"。赛前由主持人社司宣读比赛规则"社条"，然后由部署出面，在中间间棒后，比赛才正式开始。胜者可获得奖品——"利物"。

岳飞（公元1103～1142年），南宋抗金名将，相州汤阴（今河南汤阴）人。出身农家，自幼拜陕西武术家周侗习武。后得志明法师所传拳谱，精于枪法拳术。相传他治军力倡武术，创岳氏连拳，岳家枪法也闻名于世。其所用一杆沥泉枪，长九尺，金杆金龙头，前端为银舌枪头。有关他的英勇超群，在许多小说演义中均有记叙。《说岳全传》中描述了岳飞与外藩藩王柴桂在校场打擂比武夺取武状元、枪挑小梁王的故事。初次比武，岳飞先用了"鹞子大翻身"、"童子抱心势"等枪法。后来双方立下生死文书，再次较量：

梁王听了大怒，提起金背刀，照岳大爷顶梁上就是一刀。岳大爷把沥泉枪咯当一架。那梁王震得两臂酸麻，叫声："不好！"不由心慌意乱，再一刀砍来。岳大爷又把枪轻轻一举，将梁王的刀枭过一边。梁王见岳飞不还手，只认他是不敢还手，就胆大了，使开金背刀，就上三下四、左五右六，望岳大爷顶梁颈膊上只顾砍来。岳大爷左让他砍，右让他砍，砍得岳大爷性起，叫声："柴桂，你好不知分量！差不多，全你一个体面，早些去罢了，不要倒了楣呀！"梁王听见叫他名字，怒发如雷，骂声："岳飞好狗头！本藩抬举你，称你一声举子，你擅敢冒犯本藩的名讳么？不要走，吃我一刀！"提起金背刀，照着岳大爷顶梁上呼的一声砍将下来。这岳大爷不慌不忙，举枪一架，枭开了刀，耍的一枪，望梁王心窝里刺来。梁王见来得厉害，把身子一偏，正中肋甲绦。岳大爷把枪一起，把个梁王头望下、脚朝天挑于马下；复一枪，结果了性命。

《水浒传》中有不少比赛打擂的故事，如林冲棒打洪教头、杨志与周谨比武。其中，燕青智扑擎天柱的故事颇为精彩，描写他与自号擎天柱的任原交手：

任原性起，急转身又来拿燕青，被燕青虚跃一跃，又在右胁下钻过去。大汉转身终是不便，三换换得脚步乱了。燕青却抢将人去，用右手扭住任原，探左手插入任原交裆，用肩胛住他胸脯，把任原直托

▲ 1986 年展览会的部分兵器

将起来，头重脚轻，借力便旋四五旋，旋到献台边，叫一声："下去！"把任原头在下，脚在上，直撺下献台来。这一扑，名唤做"鹁鸽旋"，数万的香官看了，齐声喝彩。

民间武林相传：宋代周侗将武艺传授给岳飞和卢俊义。卢俊义的弟子为燕青。燕青师从卢俊义练习翻子拳，颇得真传，且有体悟，后二人同上梁山聚义。卢俊义便将此拳法称之为"燕青拳"，俗称燕青十八翻、燕青翻子。这种拳术是北拳中戳脚翻子的代表拳种，有"拳中王"的美誉。燕青拳又称迷踪拳，相传燕青被官兵追杀逃往梁山泊时，大雪漫天，而雪地上不留足迹，致使官兵迷路失途，故称迷踪拳。还有一种说法是，由于燕青投奔梁山成了反叛官府的绿林好汉，其弟子钦佩他的拳艺，故意隐其名而改称此拳法为迷踪拳。这种拳法翻转灵巧，诡异多变，尤其讲究腰腿功夫和精气神，功架端正，发劲充足，手脚并用，眼神集中一点，兼顾八方，攻防结合，拳出如猛虎，身行似蛟龙，给人以威

燕青打擂 ▶

24

武雄健、气势豪迈之感。

近代，津门大侠韩慕侠三败俄国大力士康泰尔的武林故事脍炙人口：

韩慕侠（公元1867~1947年），天津人，中国近代著名形意八卦拳家。他出身贫苦，自幼习武，拜著名形意拳家张占魁为师，后从八卦拳宗师董海川深研，得其精髓，拳艺精进，臻于化境。

1918年，俄国拳术家康泰尔周游欧美各国后赴中国表演。身高两米有余、膀大腰圆的康泰尔能扭曲钢轨，截断铁链，先后在上海、武汉展示其武技。他来到北京，入住六国饭店，在中央公园（今中山公园）设擂。一时间，有关他"力举一万四千磅重铁球"、"铁棍肩挑二三十人"的报道连篇累牍。有的外国记者还撰文贬损中国武术，声称"偌大中国，竟无一人敢上台较量"，认为"中华武术不过徒有虚名"。自认为打遍天下无敌手的康泰尔，狂妄地在北京召开万国赛武大会，以擂主身份向各国发出邀请电，声称："如能把康泰尔打倒在地，可获一面金牌，打倒十一次，可得全部十一面金牌！"

◀ 韩慕侠

25

韩慕侠及其弟子合影 ▶

　　天津武士会经审慎考虑，决定派韩慕侠应擂。9月13日，韩慕侠进京赴会。不料康泰尔一反前诺，将比武大会改为演武大会，骄横不可一世。当晚，韩慕侠等人来到康泰尔的住处。康泰尔轻视韩慕侠身材矮小，态度变得蛮横无理，并且出言不逊。韩慕侠强按心头怒火，与之签下生死文书，当即在客厅内比武。康泰尔自恃身高力大，伸手去抓韩慕侠的右臂，谁料韩慕侠一个勾连脚快如闪电，只见康泰尔一个趔趄，失去平衡。说时迟，那时快，紧接着，韩慕侠使出八卦连环掌。只见他用左手拨开康泰尔的右手，腾出右掌击向康泰尔的胸前华盖穴位。康泰尔应声跌出一丈多远，重重地倒在地上，哇哇怪叫。恼羞成怒的康泰尔从地上爬起，疯狂地向韩慕侠扑来。韩慕侠不慌不忙，又用虎形掌再次将其击倒。一连三次，次次败北，康泰尔终于瘫倒地上，呕吐不止，再无还手之力。按事先约定，康泰尔只好交出自己保存的十一面金牌，包括一面专为这次来中国比武特制的金牌。面对强手，他无可奈何地认输了。韩慕侠的壮举大长了中国人的志气，维护了中国人的尊严，为武林扬威增光。

近代爱国武术家霍元甲精于秘踪拳。霍元甲（公元1868～1910年）出身天津静海县习武世家，他是家中第七代秘踪拳传人，绰号“黄面虎”。在七世之传的基础上，他博采众家之长，熔内外家于一炉，拳法技艺臻于炉火纯青，创出多种套路。他身怀绝技，出招往往出人意料，由此驰名武林。他怀有强种强国的志向，打破霍家拳术不外传的旧规，首先在天津收徒。

1900年八国联军侵华时，双手能拖汽车倒行的西方大力士奥皮音在上海滩进行举重等表演，轰动一时。他自我吹嘘是“天下无敌的第一号大力士”，并嘲笑中国人是“东亚病夫”，气焰嚣张地宣称“愿与任何一个中国人角力”，舆论为之大哗。

霍元甲接到上海武术界同人的信邀，星夜兼程，专赴上海迎战奥皮音。事先霍元甲在张氏味莼园摆起擂台，用中、英文大书“世讥我国为‘病夫中国’，我即病夫国中‘一病夫’，愿与天下健者一试”，并声明：“专收外国大力士，虽有钢筋铁骨，无所惧焉！”霍元甲对奥皮音说：“中国人比武

◀ 霍元甲像

精武会址落成典礼 ▲

有两种方法，一种是君子斗，不伤人；一种是小人斗，要见血。用哪一种方法比武，随你挑。"奥皮音见状，连忙推说隔日再比。霍元甲曾先后击败日、俄等国力士，慑于他的赫赫声威，口放狂言的奥皮音未敢如期前往交手，当晚悄然溜走。

后来，霍元甲创办了精武体育会，提出"欲使国强，非人人习武不可"，广传拳艺，徒众遍及海内外，被奉为"精武之祖"。

另一个擂台比武的故事发生在1930年。

事情要先从张之江其人说起。张之江（公元1882～1969年），河北沧州盐山县人，生于贫苦农民之家，行伍出身，长期生活在军队中，结识了不少武林有志之士，如武术大师王子平、孙禄堂、马英图等人。后他升任西北军高级将领，曾任国民军的旅长、代总司令等职。在冯玉祥将军支持下，他筹建中央国术馆。1927年3月，在张之江多方努力下，中央国术馆在南京创立，冯玉祥兼任理事长，张之江任馆长，为促进中华武术事业发挥了积极作用。

因长年奔波劳碌，张之江患上了严重的偏头痛病，久治不愈，1930年东渡日本就医，随身挑选了几名武术高手一起前往。

抵达日本后，新闻界大肆宣传报道，登门造访者络绎不绝。日本天皇闻讯，也要择日接见，一睹这位中国国术馆馆长的风采。日方提出，要与中国来的武术名家比赛。他们事先早已选出了几名柔道高手，准备与中国同道见个高低。日本天皇也饶有兴致地前来观赏这场对擂比赛。双方议定，以倒地为输赢标准。中方决定由素有"神跤"之誉的杨法武出场与日本柔道高手较量。杨法武跤术精湛，和他比跤时，只要对手一被他"靠"上，都会摔个大跟头，倒地认输。

这一次，日本柔道高手经过千挑万选出阵，又占有地利优势，自认为可以让杨法武铩羽而归。出场比赛后，他们看到杨法武并没使出什么招式，可是双方刚一搭手，只听"扑通"一声，转瞬间日本柔道高手已被摔倒在地。场上的观众也没明白这是怎么回事，全都被眼前的景象惊呆了。接着，又有日本柔道高手上场与杨法武比试，但一连三人都不是杨法武的对手，全都以被摔倒地告终。

◀ 张之江

这时，乘兴而来观赏比赛的日本天皇再也坐不住了，中途败兴离席而去。日本观众为亲眼目睹了中国的摔跤功夫而惊诧不已。

1943年的一场擂台赛更为神奇，一位年仅十五岁的中国少年击败了俄国拳击师马索洛夫。

1943年12月13日，上海回力体育场座无虚席，人声鼎沸，参加擂台赛的双方分别是西洋拳击家与中国拳师。双方各有八名选手出场，规定每场打三个回合，每个回合两分钟，中间休战一分钟。比赛以西洋拳击规则进行，只准许击打腰带以上的身体部位，不准击打后脑。同时规定，中国选手可以用腿，但也只准许踢击腰带以上的身体部位，对腰部以下身体部位只准许使用钩挂的技法，不许踢踹。比赛开始后，场上气氛热烈，观众为眼前这场别开生面的比赛而兴奋不已，气氛紧张而热烈。

当第二对选手上场时，引起了一阵骚动，观众看到一个瘦弱的中国少年与一个高大强壮的白人拳师同时出现在擂台上。

蔡龙云与马索洛夫比赛 ▶

这个中国少年叫蔡龙云，十五岁。那个白人拳师是俄国人，叫马索洛夫。眼前这种极不对等的比赛让观众躁动不安起来，大家议论纷纷，不免为瘦弱的蔡龙云担心。

蔡龙云，山东济宁人，自幼随父亲蔡桂勤学武。蔡氏家族擅习华拳。蔡桂勤除跟从其父蔡公盛习武外，又得有"齐鲁大侠"之称的丁玉山真传，功夫非同凡响，十

▲ 蔡龙云击败马索洛夫

六岁即赴苏州镖局当镖师，闯荡江湖，名噪武林。后来他定居上海，在精武体育会教拳。蔡龙云在父亲的严格调教下，经过多年强化训练，练就一身硬功夫，不仅华拳精湛，还擅长少林拳、太极拳和形意拳。这次参加中西拳术擂台赛也是有备而来，赛前蔡桂勤专门为蔡龙云进行了半个月的实战训练，并制订了扬长避短的战术，要蔡龙云以灵活的步法避让对手的重拳出击，寻机以贴身靠打取胜。

抽签比赛时，西洋拳师发现蔡龙云是个瘦弱的少年，提出不许他参加比赛。蔡龙云据理力争："中国武术从来不讲年龄和体重。"西洋拳师威胁道："如果参赛，打死勿论！"蔡龙云一笑置之，他掷地有声地回应："你们没有这么大的本事！"就这样，双方早已摩拳擦掌，准备在擂台上一试高低。

比赛开始，随着锣声敲响，鼓足劲头的俄国拳师马索洛夫

蔡龙云 ▲

犹如一头大熊，直奔蔡龙云扑来。他拳头紧攥，如同骤雨般向蔡龙云袭来。望着眼前的这一庞然大物，蔡龙云沉着应对，他按照事先制订的战术，轻巧地躲闪开马索洛夫的重拳，使之无的放矢，拳拳落空。经过一阵发疯似的发拳进攻，马索洛夫的攻势减缓下来。这时，蔡龙云看准时机，一个箭步，急速贴近马索洛夫，施出绝技，上用连环拳使其招架不住，下用勾挂腿使其猝不及防，把人高马大的马索洛夫打翻在地，赢得了第一个回合。

第二个回合，马索洛夫重施故技，连出重拳猛击，企图压倒蔡龙云，不使他有回手之力。只见被逼退到台角的蔡龙云转身一个高踢动作，马索洛夫对此有防范，抬手将蔡龙云踢过来的腿抄起，准备就势将其掀倒。谁知，刹那间蔡龙云反应敏捷，顺势来了个侧空翻身，以全身拧转之力将腿挣脱出马索洛夫之手，稳稳落地站住，紧接着，以迅雷不及掩耳之势，抬腿横扫，马索洛夫还未转过身来，又被踢倒了。

第三个回合，蔡龙云越战越勇。只见他右手虚晃，马索洛夫刚要低头躲闪，不料蔡龙云声东击西，左拳出击，紧跟着是右拳重击，打中马索洛夫的胃部，疼得他当即跌倒在地，动弹不得，经裁判按比赛规定喊到"十"，他仍不能起身。至此，比赛以蔡龙云全胜结束。整场比赛五分钟，马索洛夫被打得跌了十三个跟头，蔡龙云由此得到一个"神拳大龙"的绰号。

事过三年，1946 年 9 月，马索洛夫又找上门来，要求蔡龙云与一个名叫鲁塞尔的美国黑人拳师比赛，但规定不准用腿。这个鲁塞尔高大粗壮，皮肤黝黑发亮，人称"黑狮"，是上海拳击界的重量级冠军。面对强敌，蔡龙云不假思索，一口应承。

双方定于 9 月 2 日在上海青年会举行比赛，以五个回合定胜负。比赛中，蔡龙云谨慎小心，采用退让躲闪的办法，抓住时机，紧贴对手，以贴身打法，一连三个回合，均把鲁塞尔打翻。到第四个回合时，蔡龙云又一次将鲁塞尔打倒，裁判数到"十"时，不见鲁塞尔爬起。第五个回合还没有比试，鲁塞尔就自认为败军之将了。"神拳大龙"战胜美国"黑狮"传为武林美谈，著名书法家兼诗人沈尹默作诗盛赞蔡龙云"一洗东亚病夫耻"。

■ 太极对练

武林掇英

中华文化丛书
ZHONGHUA WENHUA CONGSHU

中 国 功 夫

　　明清之际，中国武术得到空前发展与提高，健身、娱乐的功能日益显现。由用于军事作战技艺的武艺而演化出作为运动项目的武术，这一过程至明代基本完成。武术繁荣的重要标志是流派林立，拳种纷呈，流传至今的尚有百余种。风格各异的武术流派中，出现了"南拳北腿"和带有佛道色彩的以"少林"、"武当"为代表的内外两家。清初，大儒黄宗羲首倡"内家"、"外家"之说。他认为，凡是以静制动，后发制人的是内家拳；凡先发制人、主动攻击的是外家拳。内家拳以柔和为主，侧重健身与防卫。外家拳以刚猛为主，侧重对抗与进取。后来，武术界把太极、形意、八卦拳统称为内家拳，把少林拳等凌厉刚劲、蹿跳闪躲灵活的拳种统称为外家拳。由于南方流行的拳术多手法，而北方流行的拳术多腿法，因此武林中又有"南拳北腿"之说。古人认为，南方人智巧而北方人淳朴，在进行武术技击时，南方人身材较矮，动作、身法灵活机敏，手法多变，而北方人身高腿长，可以发挥放长击远的优势，利用迅猛善变的腿法击人。

　　武术在漫长的发展中，先后形成了较有代表性的几大拳派，即少林拳、武当拳、太极拳、峨眉拳、南拳、形意拳、八卦拳。

少林拳

少林寺大雄宝殿 ▲

"天下功夫出少林，少林武术甲天下。"

少林拳得名于少林寺。少林寺位于河南登封市嵩岳少室山北麓五乳峰下，始建于北魏太和十九年（公元495年）。东天竺（今印度）高僧跋陀由西域至此，受到虔信佛教的孝文帝礼敬，奉旨建寺。孝昌三年（公元527年），南天竺菩提达摩自称禅宗第二十八祖，入中土传教，因与南朝重视义学的风气不合，和梁武祖萧衍话不投机，转道北上，入少林寺面壁九年，传播禅学，被尊为中国禅宗初祖。少林寺成为禅宗发祥地，被称为禅宗祖庭。相传达摩精于武功，尤善坐禅功，并创罗汉十八手与少林拳。据考证，少林武术功夫渊源深远，少林寺习武之风特盛。早在跋陀主持少林寺时，就有许多身怀武术技艺者入寺为僧，其中惠光和僧稠就是武艺超群的僧人。据《高僧传》记载，跋陀在洛阳时，看见一个十二岁的孩子在天街井栏上反踢毽子，一口气踢了五百余个，围观者无不惊异。在如此危险的地方反踢毽子，足见其技艺的高超。跋陀看到他人小艺高，认为孺子可教，将他剃度为弟子，赐名惠光，带他回少林寺修行。僧稠刚落发出家当小和尚时，僧众每逢休假常常以角力为游戏，他受到一些懂武术的小和尚的殴击，为此发奋练功习武，最后练得筋骨强劲，拳术纯熟，可以力举千钧，甚至可以横踏墙壁行走，一跃而登上房梁。以前以武功欺侮他的僧人见状，无不"俯伏流汗"。

僧众习武练功、传习武艺的活动日渐深入，为少林功夫的形成奠定了基础。最使少林功夫扬名于世的是十三武僧救唐王。隋末唐初，天下大乱，原隋朝大将军王世充拥兵自立为帝，与新建立的唐朝抗衡。他派其侄王仁则进驻少林寺封地，侵占大量庄田。少林寺十三名武僧应秦王李世民之邀，不仅为他解围，还随军出征，参加讨伐王世充的战役，生擒王仁则，逼降王世充，为唐王朝立下赫赫战功。战后论功行赏，十三名武僧中除昙宗受封大将军外，其余十二人不愿受封，仍返少林寺。李世民赐给他们紫罗袈裟，另赐少林寺庄田四十顷及大量银两，扩

◀ 少林寺的僧人表演棍术

少林寺习武(清) ▲

充庙宇，建立僧兵，少林寺僧众达五千余人。从此，少林寺步入兴盛期，被誉为"天下第一名刹"。少林寺的拳术得到长足发展，五湖四海的武林高手慕名而至，以武会友，切磋交流。少林寺博采众家之长、汇集武艺精华，经过历代研练、总结和积累，逐步发展成由拳术套路、器械、散打和功法等多项内容组成的体系完整、套路精湛的武术流派。直至明代，始有少林功夫之名，"武以寺名，寺因武显"，其中最负盛名的除少林棍外，当属少林拳。

有关少林拳的渊源说法很多。据说明代嘉靖年间，觉远出生于严州一个拳师之家。他自幼酷爱武术，仰慕少林寺洪蕴禅师的高超武术，为此出家当了和尚。几年工夫，悟性过人的觉远在精研前辈拳法的基础上创出了罗汉拳。为进一步修炼，他立志云游天下，遍访名师高手，切磋武艺。一天，他来到甘肃兰州一带，路遇二人争吵，一个恶汉与一个商人模样的老人正为一件小事争执不休。只见恶汉挥拳向老人打去，老人躲过这一拳，下一拳又紧接而至。老人并不惊慌，轻轻闪身，又躲了过去。那个恶汉恼羞成怒，飞起一脚，踢向老人小腹。老人看准那条腿临近，并起自己的食指与中指，在恶汉的脚背上只轻轻一点，只见那个恶汉顿时翻身跌落，连声喊痛。老人掸拂衣服后，扬长而去。觉远见了，急随老人回家，恳求拜师学艺。原来这位老人姓李名奇，他说："我算不上武林名家。我有一位朋友，名叫白玉峰，他才是当世武林高手，大江南北无人能及，我可以带你去找他。"就这样，李奇带上儿子和觉远，赶往洛阳找白玉峰学艺。数年后，觉远武功精进。后来，白玉峰、李奇之子与觉远一起返回少林寺为僧，白玉峰法号秋月，李奇之子法号澄慧。觉远与秋月禅师精研拳法，日积月累，把少林寺长期流传的模仿鸟兽鱼虫腾跃姿态编成的"罗汉十八手"发展为一百七十二拳，并首次系统提出少林拳法，并创出少林五形拳。少林拳法从此遍传天下。

民国期间，大盗燕子李三访少林寺的故事颇具传奇性。燕子李三（公元1898～1936年）原名李景华，京东蓟县人。幼年随叔父到沧州，艰苦度日。沧州有习武风气，他随众学习，因禀赋聪颖，身轻体健，爬墙上树易如反掌。他因家贫愤世，年纪稍长便开始四处作案。因盗窃了洛阳警备司令白坚武家的财物，名声大振。后又因潜入临时执政段祺瑞等政府要人的府邸行窃而名声越来越响，20世纪二三十年代曾轰动一时。因他每次作案后都仿效传奇小说中江洋大盗的做法，把一只白纸叠成的燕子插在作案之处，以显示其艺高胆大，更因为他劫富济贫，因此"燕子李三"的绰号不胫而走。

为了增强本领，仰慕少林功夫的李三曾隐名埋姓前往学艺。相传他进入少林寺参拜佛像后，请求观看一下少林功夫，得到寺内武僧首肯，并留下他吃斋饭。不久，斋饭备好，只见一个和尚一只手擎着一张紫檀木八仙桌的一条腿，平端过胸，桌上摆满斋饭，不慌不忙地径直送到李三跟前，请他接饭。李三见状，不由得暗暗吃惊，百十斤重的八仙桌，加上上面摆满斋饭，一个和尚竟能如此这般送来，足见其腕力非凡。李三不敢贸然伸手去接，于是他提气上跃，从这个和尚的头顶上斜跳出门外，落在地上悄无声息。方丈见了，夸赞李三身手矫健轻灵："好个飞燕穿帘，犹如燕子一般！"于是，收李三为徒。李三在少林寺学艺数年，功夫大进，轻功尤其了得。

少林拳套路多达五百余套，著名的有小洪拳、大洪拳、心意拳、梅花拳、罗汉拳等。少林拳法威武勇猛，讲究"拳打一条线"，是指套路的起止进退全在一条直线上。强调近战，在不出前后两三步的小空间内决定胜负。战术上善于声东击西，其招式多变，内静外猛，常以迅雷不及掩耳的爆发力克敌制胜。拳谚形容其拳法"秀如猫，抖如虎，行如龙，动如闪，声如雷"。

郑州国际少林武术节 ▲

此外，还有少林寺七十二艺之说。据《少林拳谱》记载，少林寺原有三十六硬功、三十六柔功，又称三十六外功、三十六内功。后由妙兴法师著成《少林七十二艺》一书，流传于世。

在国外，特别是日本，也盛行少林拳。日本少林寺拳法联盟与其他国家少林拳爱好者频频赴华访问少林寺。2006年3月，俄罗斯总统普京访华。3月22日，普京总统专程赴少林寺，以观众身份兴致勃勃地欣赏了少林功夫。普京十分热爱柔道，自幼练习，以忍耐力强著称。他的柔道技术动作变化多，诡秘莫测，出手奇快。他最擅长的三个动作为"体落"、"背负投"和"过顶摔"。他十八岁时成为柔道高手，获有"黑带"段位，1978年曾夺得列宁格勒市柔道冠军。

这次访华，对少林功夫有浓厚兴趣的普京总统特意远道而来参观少林寺，并观赏武僧演练。在方丈室前的空地上，普京总统亲眼目睹了少林武僧为他进行的精彩表演。表演结束后，他热情地邀请僧人们与他合影留念，并把表演少林童子功的八岁小僧人释小广扛在自己的左肩上。普京总统还愉快地接受了少林寺方丈释永信赠送的一套少林武功秘籍。临别时，他微笑着说："感谢你们让我看到了纯正的少林功夫！"

2007年9月5日至10日，第二十届莫斯科国际书展在莫斯科全俄展览中心举行。七十多个国家和地区的两千五百余家出版商、发行商、版权机构代表参展。国务委员、中俄"国家年"中方组委会副主席陈至立与俄罗斯联邦政府第一副总理梅德维杰夫出席开幕式并致辞。梅德维杰夫接受了中华版权代理总公司、中国浙江出版联合集团和俄罗斯科学出版社出版集团专门为喜爱少林功夫的普京总统在书展前赶制出来的献礼书——俄文版《少林功夫》（附光盘），并答应转交给普京总统，为中俄文化交流留

▼ 俄总统普京参观嵩山少林寺

少林武僧表演刀术 ▶

下了一段佳话。

　　清代道光八年（公元1828年）三月，满族大员麟庆代巡抚杨海梁祭中岳嵩山，顺路至少林寺观看武僧演武，盛赞少林武术矫捷高超。后来，寺僧将麟庆观武的场景以壁画《武僧演武图》的形式绘于寺中白衣殿北壁之上，南壁绘有少林武僧用十八般兵器进行格斗的《少林器械图》，流传至今。

　　值得一提的是，随着以拳术和棍术为核心的少林功夫的广泛传播，历史上还形成了南北少林。清末南方流传的少林功夫称为南派，北方流传的称为北派。

　　作为中国优秀的传统文化，少林功夫不仅扬名华夏，更远播域外。早在元代至正年间（公元1341～1368年），赴华日僧邵元就将少林武术传回日本，深受日本人热爱，尊为"国魂"。清代以后，少林功夫广泛传播于东南亚一带。改革开放以后，1982年，电影《少林寺》在世界各地上映，引发了世界性的少林功夫热潮。据不完全统计，有四十多个国家和地区数千名武术爱好者不远万里奔赴少林寺学艺，与此同时，中国少林功夫代表团也不时出国进行表演、交流与传艺。从1991年起，国际少林武术盛会"中国郑州国际少林武术节"已多次在郑州、登封等地举办，为中外体育交流作出了贡献。2006年，少林武术被国务院认定为中国首批"非物质文化遗产"之一。

武当拳

少林、武当均以拳法驰名。顾名思义，两者都是以所在山川名胜命名。少林与武当，一北一南，一佛一道，各有千秋。自古北崇少林，南尊武当，且有"外家少林，内家武当"之说。武当与少林成为武林两大重要流派。

武当山，古称碜上山，又名太和山。太和，即"道"的意思。据道教传说，自秦汉以来有许多著名道家、道士在此结庐修炼，历代在此兴建道观，规模宏大。武当山地处湖北境内，方圆四百公里，兼具五岳之雄、险、奇、幽、秀，有七十二峰、三十六岩、二十四涧、十一洞、三潭、九泉、十池等风景名胜，奇峰竞秀，风光绝佳，是道教第一名山。

武当山金殿 ▲

武当山是武当拳的发源地。相传张三丰为其内家拳的始祖，开创了武当派。有关张三丰的传说逸闻极多。据史料记载，张三丰，名全一，又名君实，三丰为其道号，又号元元子，明代辽东懿州（今辽宁彰武）人。平时不修边幅，时人称之为张邋遢。他长得颀长伟岸，龟形鹤背，大耳圆目，须髯如戟，无论寒暑都身穿一领衲衣和一袭蓑衣。传说他行为怪诞，善诙谐，知往卜来，有预测功能，能起死回生。他于明初入武当山，踪迹不定。使张三丰名盛天下的是他与明初重大历史事件的关联。太祖朱元璋在位时，曾下诏派员寻访他，不遇。永乐年间，成祖朱棣屡次遣使遍访，张三丰却远游名山大川，避而不见。英宗朱祁镇时，派宦官直接掌管武当山，遥赠张三丰"通微显化真人"的名号，但也不知他是否在世。明初，朱元璋立国未稳，朱棣又以"靖难之役"篡夺侄子建文帝的帝位，人心未固；朱祁镇以"夺门"之变复辟，心中惴惴不安。三位君主均想借助道教稳定政局，并满足其长生不老的梦想，因而热衷于寻找张三丰。因此，朱棣、朱祁镇出巨资大规模修筑、扩建武当山道教宫观建筑群是事出有因的。

据许多记载,张三丰把道家理学内功与民间武术熔为一炉,始创了武当武功。实际上,道家内家武功在历史上一直在隐传。张三丰在总结前人成果的基础上,归纳出八门五手的"太极十三式",开创了以道家文化为内涵的武当拳。武当拳以御敌为主,"行如蛇,动如羽"。历经数百年众多名手的努力与探索,不断汲取民间武术精华,终于形成与少林齐名的武当拳和武当功夫,以至于有"内家功夫出武当"的美誉。

明末清初,武当派名师有张松溪、王征南、黄百家等。明代中叶,浙江一带盛行内家拳,鄞县人张松溪内拳功夫出神入化,其高足为叶近泉。叶近泉又将拳艺传与单思南。武当派择徒标准甚严,王征南是得内家功夫真传的极少数人之一。

◀ 武当山道人苦练功

王征南(公元1616～1669年),浙江鄞县人,原籍奉化。幼年家贫,随单思南学习拳艺。单思南传授拳艺时有所保留,预留看家本领,以防日后不测。王征南学艺心切,他于老师闭门

独练时，登楼偷窥，透过楼板上的小孔将老师练拳时的一招一式默记于心，但苦于不得精微要领。一次，单思南卧病床榻，其子不尽孝心，王征南侍奉汤药，悉心护理，毫无怨言，并将自家银器变卖，以备师父后事之需。单思南为之感动，病愈后，将拳艺倾囊传授给王征南。经过苦练，得到内家拳精髓秘诀的王征南终于成为武林名家高手。

明末，内忧外患交并，王征南应征入伍。他身怀绝技，驰骋战场，屡立战功。后因南明政权腐败，内部倾轧，王征南受到牵连而罢官回乡。乡居期间，他从不以武艺超群而自傲。许多人想向他拜师学艺，但他无意授徒得利，终日在田间劳作，锄地挑粪，因而有人怀疑他是否真有功夫。一天，他在一个朋友家遇到一位从松江来的拳师，这位自命不凡的拳师见王征南衣着简朴，一副老农模样，心存鄙薄。听到友人介绍王征南善拳法时，这位拳师不以为然地斜视了王征南一

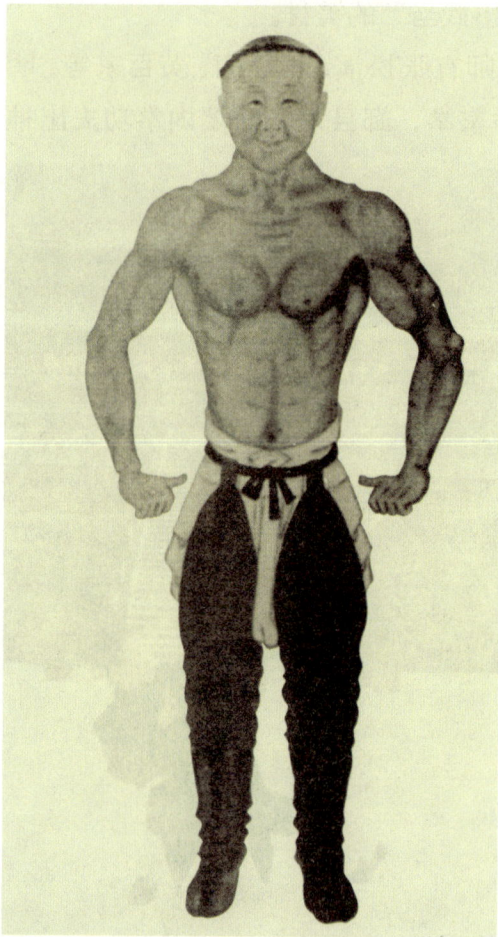

眼，轻慢地问："你也懂得
拳法？"王征南拱手回答：
"不敢当。"那位拳师见状，
更加张狂，强拉王征南与
他比武。无奈之下，王征南
只得勉强应付。几个回合，
那位拳师就被摔倒在地，
爬起来再次交手。两人刚
一搭手，拳师又跌倒了，摔
得头破血流。于是，他羞愧
地向王征南服输。

　　晚年，王征南居家宁
波。清初大儒黄宗羲携幼
子黄百家慕名前来投师学
艺，得其真传。黄百家著有《内家拳法》，介绍王氏拳法甚详。
王征南去世后，黄宗羲为之作墓志铭，详细记述了这位艺高德
重的内家拳宗师的事迹。

　　清代乾隆年间（公元 1736～1795 年），江宁武侠甘凤池师
承诸家武功，兼擅内外两家，他与李巍、邓钟山被人合称为"武
当三大侠"。

　　清末民初，曾任武当山道总的徐本善所传武当内家功夫也
享名于世。徐本善（公元 1860～1932 年），河南相县人，年少
时随父朝拜武当山，对武当祖师张三丰心向往之。他二十岁时
出家，入道武当山，经明了真人数年考察，收为入室弟子，后
成为武当龙门派第十五代传人。他不仅功夫深湛，德高望重，而

▲ 甘凤池拳谱

47

且疾恶如仇，有"徐大侠"、"徐武侠"等美称，还有"徐犟子"的绰号。

武当拳讲究以气健身，后发制人，以静制动，以逸待劳，重在斗智不斗力。其拳法多变，无论攻防，均虚实相应，动如蛇之行，静似蚕作茧，以翻钻为主，多用掌而少用拳，过渡转换衔接紧密，如行云流水绵绵不绝。流传至今的拳路有六十余种，武当派器械套路数十种。

1928年，南京中央国术馆成立，设置"武当门"与"少林门"，对两大武林拳派的传授与发展起到了积极作用。在1936年柏林奥运会上，中国武术代表团进行了"武当剑"表演，赢得国际体坛的赞誉，自此武当功夫扬名海内外。1991年11月，湖北举办了武当文化武术节。2006年，武当武术被国务院认定为中国首批"非物质文化遗产"之一。

太极拳

"千拳归一路，万法归太极。"

"太极"一词出于《周易》："易有太极，是生两仪。""太"即大、至的意思，"极"是开始或顶点的意思。两仪，即阴阳。太极以阴阳为内涵，是衍生万物的本源。太极拳的含义被引申为达到极限、无有相匹、包罗天地万象的拳术，因为"太极"包含了至极之理，其拳术变化无穷。因此，太极拳堪为万拳之母。古人认为，阴阳交感而化育万物，万物生生不已，变化无穷，以太极拳命名其拳术，意味着这项运动的动静、虚实、刚柔、开合无不遵循古代阴阳变化的哲理。太极拳是以太极文化为理论创造出的拳种，其深厚的底蕴使它最终发展成为中华传统文化宝库中的一颗璀璨夺目的明珠。

1.陈式太极拳

有关太极拳的起源众说不一，较为可信的说法是太极拳于明末清初逐渐形成。最早传习于河南省温县陈家沟陈氏家族之中。陈氏太极拳的创编人是陈王廷。

陈王廷（约公元1600～1680年），河南省温县人，为陈氏第九世。他曾任温县乡兵守备，文武双全。明亡后隐居乡间，读书研拳，晚年教授弟子儿孙。他以阴阳理论为基础，结合古代道家导引、吸纳之术和中医经络学说，吸收、借鉴民间各种拳法，特别是对明代将领戚继光的《拳经三十二式》，既有继承，又有创新，进而创编出顺乎人体自然规律、强调养练结合的太极拳。他把拳术与哲学、医学相结合，练

▲ 陈王廷像

49

太极拳成为修身养性、健身祛病的一项运动，这方面的功用远远超过技击与防身的功用，意义重大。陈王廷不仅是陈氏太极拳第一位奠基人，也是太极拳运动的开山鼻祖。他传授的各种拳械功夫是陈氏拳术体系的雏形。早期的太极拳因动作如长江滔滔不绝而被称为"长拳"，另又取绵绵不断之意称为"绵拳"，还因其含八法、五步基本动作而名之为"十三式"。后因山西人王宗岳以中国古代的太极、阴阳哲理解释其拳理而命名为"太极拳"。整套动作圆转连贯，一气呵成。太极拳强调松、软、圆、活，通过运动达到周身和顺的目的。

陈王廷创编的太极拳有五个套路，又称十三式，另有长拳一百零八式一套，炮捶一套，习称"陈式老架"。陈氏第十四世陈长兴在此基础上吸收借鉴前人经验，将太极拳进一步改进完善，把老架中难度大的动作加以简化，精心改编，形成刚柔相济、快慢相间、运动量大、技击性强的陈式新架太极拳。

陈氏太极拳传至陈长兴时，始向外姓传授，从而流布全国，此后逐渐形成了较有影响的杨氏、吴氏、武式、孙式等太极拳流派。

2. 杨式太极拳

杨氏太极拳发源于河北省永年县广府古城，由杨福魁开创。

杨福魁（公元 1799～1872 年），字露禅，河北永年人。他家境贫寒，为本村富户做家仆。一天，他路经永年县"太和堂"药店，见到有人在药店内无端滋事，被柜台内小伙计一掌打出门外，跌倒在地。杨福魁对此神奇的武功暗羡不已，托人说情，央求到药店学拳。原来，"太和堂"药店是温县陈氏创办，在当地颇有名声，而且悬壶济世，周济穷人，颇有口碑。杨福魁在店中充当伙计，闲时跟药店掌柜学拳。由于他勤学苦练，后被推荐到温县陈家沟向陈长兴学习陈式太极拳。当时，武林守秘成风，授艺时对非本姓子弟的外乡人多有保留。

杨福魁在陈家十余年间，曾先后三次返家而复回学艺，也未能窥得太极精髓。一天，深夜难寐的杨福魁去院中散步，听到高墙外隐隐传来练武之声，原来，溶溶月光之下，陈长兴正在向陈氏子孙传授太极拳。这些招式均为杨福魁平时所未见的。于是，他默记于心，暗自模仿。此后，他每晚攀上墙头偷艺，白天抽空苦练。数年间，拳艺大进。一天，他正在树林中私练，被陈长兴发现。杨福魁向陈长兴如实坦白了偷艺过程，并请陈长兴宽恕。陈长兴为他的精诚感动，同意今后让他与陈氏子弟一起练拳。一次，陈长兴让杨福魁与陈氏子弟比试，杨福魁将他们一一击败，陈长兴惊叹："露禅与太极有缘矣！"从此，将平生所学全部技艺传授给了杨福魁。

◀ 杨福魁像

51

杨福魁拳照 ▶

前后十八年，杨福魁终得陈氏太极拳真传。后来，他返回故里，不断与名师高手切磋，结合实际，对陈氏太极拳加以发展，删改拳式动作中发劲、纵跳、震足等难度较高的动作。后经其子杨班侯、其孙杨澄甫一再修订，定型为现在流行的大架子，即杨式太极拳。其特点是迈步如猫行，运劲如抽丝，以能避强制硬见长，即"四两拨千斤"、"绵里藏针"的手法，故时人称之为"化拳"、"软拳"、"沾锦拳"。这是因为杨福魁晚年的拳术臻于炉火纯青，其太极粘功和化劲达到化境，传说他拿一只麻雀放在手中放飞，可麻雀怎么也飞不动。这是因为麻雀飞时须两爪撑地，杨福魁用手心把麻雀的撑劲化尽，麻雀已无力起飞了。其拳法动作舒展大方，松柔缓和，整个架势结构严谨，自然流畅，浑厚庄重，表现出气派大、形象美的独特风格。由于杨式太极拳融技击性、健身性、艺术性于一体，文化内涵丰富，深受国内外人们喜爱，西方人以"中国第五大发明"誉之。

从1850年起，杨福魁在北京收徒传艺，屡挫名手，人称"杨无敌"，曾任京师旗营武术教练，王公贵族多请其授艺。从此，京师武坛始识太极拳真面目。当时，八卦掌创始人董海川也在北京传艺，二人曾交手比试，三天之内未见胜负，势均力敌，终成平局。二人义结金兰，结下深厚友谊。

如今，永年县已发展成全国有名的武术之乡，每年举办大型国际太极拳交流活动，大批国内外太极拳爱好者济济一堂，共同切磋太极拳拳艺，永年县成为当代太极拳发展的中心之一。

3.吴式太极拳

吴氏太极拳的创立人为吴鉴泉。

吴鉴泉（公元1870～1942年），河北省大兴县人，满族。其父全佑曾先后师从杨福魁、杨班侯父子学拳，成为太极拳高手。后改汉姓吴。吴鉴泉幼承家学，得其父真传，且有独到悟创，后在杨式太极拳的基础上苦心精研，去掉其中发劲、跳跃和重复动作，创编出以善柔化闻名的吴氏太极拳。

▼ 吴鉴泉拳照

此拳共八十四式，功架紧凑，动作轻松自如，不纵不跳，拳架以柔化为主，端庄祥和，其太极推手别具一格，能百炼钢化绕指柔，守静而不妄动，如水赋形，充分体现出以柔克刚的艺术境地。后来，吴鉴泉在北京、上海传授拳艺，桃李满天下。如今其影响已远及海外，如香港、新加坡、菲律宾、美国、加拿大等地区和国家均有吴氏太极拳传播。

4. 武式太极拳

武式太极拳创编者武禹襄也是河北省永年县人。他在原陈式太极拳、赵堡太极拳的基础上合二而一，进而改进创造，后由李亦畬完善而成，自成一家。

武禹襄（公元1812~1880年），名河清，字禹襄，河北省永年县广府人。他出身书香门第，自幼习武学文。杨福魁从河南温县学习陈式太极拳回乡后，武禹襄向他学艺，得其大概，二人时常切磋。为求深造，他又赴温县赵堡镇拜陈式第十五世陈清萍为师，学习陈式新架太极拳。陈清萍因被人命官司牵连，有人狱杀身之灾，得武禹襄为之奔走相助，摆平此案。陈清萍深为感激，因而把平生修炼的武艺悉心传授给武禹襄。武禹襄又在吴全佑门下学习吴氏太极拳。后来，他得到清初太极拳名家王宗岳所著《太极拳论》。经细心揣摩、潜心研练，他将练拳心得归纳为《身法十要》，注重理论探究，

武禹襄像 ▶

54

文武双修，借鉴陈、杨等太极拳架结构，融会贯通，终成一家，创编出一套武氏太极拳。

武氏太极拳小巧紧凑，身法紧严无隙，动作舒缓，体态端正，神气激荡，开合有致。其拳有五十三式，每一式都分起、承、转、合四个字，所有动作按其节序编排，身法、步法、手法有机配合，协调统一，内外一致，严格遵循太极拳原理。其拳风自然洗练，含阳刚于阴柔之中，形成简练缜密、古朴典雅的独特风格。武禹襄的得意门生为其外甥李亦畬。他自二十二岁起随舅父学习拳艺，苦心钻研，细心体味，积多年所得，在继承武氏太极拳衣钵的基础上，进一步加以完善。李亦畬的次子李逊之深得武氏太极拳秘诀与拳艺精华，终成造诣深厚的太极拳名家。

5.孙式太极拳

孙式太极拳堪称大器晚成，它是清末民初由孙福全创编的。

孙福全（公元1860～1930年），字禄堂，河北省完县人。他自幼习武，家贫辍学后跟随形意拳名家李魁垣学拳。习武之余，自学诗书，过目成诵，对《易经》尤有研究。后经李魁垣师傅引荐，又得师祖郭云深亲授。郭云深在北方名气很大，经常带孙福全随行赴河北、山东一带访友传艺。郭云深骑马驰骋，孙福全手揽马尾紧紧奔跑追随，日行百余里，练就了一双铜脚铁腿，被武林誉为"神行太保"，比肩于《水浒传》中以善行著称的戴宗。郭云深器重他刻苦勤学，又将他介绍给八卦掌一代宗师董海川的大弟子程廷华学艺。程廷华对孙福全苦心施教，毫无保留地将师传的游身连环八卦掌绝技传授给孙福全。孙福全得诸位名家指教，如虎生翼，功夫日深。为经风雨见世面，三

孙福全像 ▶

年后孙福全拜别恩师，开始云游生涯，寻师探艺，兼收并蓄各家之长，化为己用。数年后，他返回故乡，创办了蒲阳拳社。

民国初年，年已五旬的孙福全在北京授艺时遇到河北省永年县人郝为真。郝为真赴京探亲访友，切磋武艺，因人地生疏，偶染病恙，卧床不起。孙福全见他无人照料，便将他迎入自己家中，为他延医治疗，精心护理。郝为真病愈后，对孙福全十分感激，他说："我们二人萍水相逢，得到你如此诚心相待，叫我不知如何报答是好！"孙福全说："此事不足挂齿，更何况我们二人是武林同道呢。"为回报孙福全对自己的救助，郝为真尽其所能，将平生所学武氏太极拳全部教授给孙福全，使他眼界大开。孙福全经过反复苦修研练，晚年融其所得，参合各家之长，熔形意、八卦、太极三家拳法于一炉，独创出孙式太极拳。

孙式太极拳舒展圆活，动作敏捷自然。其步法灵活，拳套如行云流水，具有习练方便且较为实用的特点。因其转变方向时多以开合相接，故又被称为"开合活步太极拳"。

孙福全作为内家拳术代表人物之一，具有强烈的爱国之心。

他先后两次击败日本武士的故事在武林广为传扬。

1922年，日本武士道大力士坂垣来华，专寻孙福全比武。他扬言用硬功可撅断孙福全的右臂。孙福全坦然接受挑战。赛前二人约定，比赛时二人平卧地面，听到号令开始即交手。比赛号令发出后，孙福全不紧不慢，先以点穴法点击坂垣的腹部，使对手强力不能迅速发挥。然后，他施用闪、展、腾、挪之法，使身强力大的坂垣难有用武之地。恼羞交加的坂垣无计可施，犹如被困的野兽发出阵阵号叫，企图用头将孙福全撞倒。不料孙福全轻轻一闪身，随着"砰"的一声，坂垣如同一堵残垣断壁，轰然倒地。至此，心知技不如人的坂垣只得认输。坂垣提出出资两万元请孙先生赴日授拳，被孙福全严词回拒。他告诉坂垣："不用说两万元，就是出二十万元也不会去！"同时转告坂垣，中国人不可欺侮。这次只是略施小技，给他一点颜色看看，如果下次再口出狂言，就不这么客气了。

1930年，六名日本武士来到上海，要求与孙福全比试高低。孙福全几次推辞之后，这几名武士以为孙福全胆怯，竟然多次上门寻衅，声称如果他们败于孙福全之手，立即返国；如果他们打赢了，孙福全就要离开所住的虹口区。

年近七旬、须发皤白的孙福全为了维护尊严，决定与这六名日本武士一决雌雄。比武安排在孙家后院，当时院中横放着几条石凳，一名日本武士为了显示其武功，挑衅地飞起一脚，将石凳踢出一丈多远。孙福全见状，不禁笑道："你们既然有如此神力，不妨与我角力。我躺在地上，你们六个人，两个按住我的双手，两个按住我的双脚，一个按住我的头，另一个发号施令，喊完'一、二、三'，如果我能跃起来就算我赢，如果起不来就算你们胜。"征得日本武士同意后，孙福全卧倒在地，六名日本武士蜂拥而上，使出全身气力将孙福全牢牢按住，以为胜券在握，万无一失。当号令喊到"一、二"时，孙福全暗自发功，当"三"字喊声未竟，孙福全骤然发力，猛地拔地跃起，那五个按住他的日本武士还未惊醒过来，早已一个个人仰马翻，跌倒在地，只得伏地服输，悻悻而去。

中华民族多元一体，共同的根基创造出缤纷多彩的文化。有人曾把太极拳的五大流派与五种中国书法流派作比：陈式太极拳似狂草起伏跌宕，杨式太极拳如楷书工整舒展，武氏太极拳似篆书严谨典雅，吴氏太极拳像行书流畅潇洒，孙式太极拳像隶书开合有度。

孙氏太极拳照 ▼

新中国成立后，国家体委在杨式太极拳的基础上整理创编出普及读物二十四式的《简化太极拳》，其特点是注重外形演练的艺术性和观赏性，向竞技体育发展，对太极拳的推广起到了很好的作用，获得"平民拳术"的称誉。近年来，太极拳运动的国际交流不断加强，太极拳作为中国特有的民族体育项目，日益走向世界。

太极拳从明末清初的

陈氏太极拳起始，历经数百年，逐渐衍化出杨式、武式、吴式、孙式，形成一脉五花竞艳争放之势，是中国诸大拳系中最富活力、最有群众基础的拳术运动。各式太极拳尽管形式、风格不一，但练拳要领有许多共同点，如轻松柔和、连贯均匀、圆活自然、协调完整，其动作有揽云雀、云手、倒卷肱、白鹤亮翅等等。由于太极拳融技击与养生于一体，老少咸宜，受到人们欢迎，发展迅速，成为风靡全国、走向世界的一个拳系。太极拳是一种智慧型武功。北京大学校长蔡元培曾为太极拳运动题词："可以御侮，可以卫生，愿以此有百利而无一害之国粹为四百兆同胞之典型。"太极拳最能体现中国人的思维方式与行为方式，充分体现了中华传统文化之美。这种近于艺术的武术给人以美感，被西方人称为"东方芭蕾"。

峨眉拳

"峨眉天下秀。"

峨眉山，古称蒙山、牙山，分大峨、二峨、三峨、四峨四座山，因大峨山、二峨山两山峙立，仰望如美女的秀眉，峨眉山因此而得名。峨眉山重峦叠嶂，修竹繁茂，雾霭升腾，清流奔泻，以其雄、秀、奇、险而美甲天下。日出、云海、佛光、晚霞，蕴秀藏灵的胜景吸引了无数文人骚客、僧人方士。与少林拳、武当拳一样，峨眉拳也以名山、名寺、名道观为依托。峨眉山不仅是佛教四大名山之一，相传为普贤菩萨道场，又是道

峨眉山 ▲

教第七洞天，兼受佛、道文化滋养浸润。由于道教以养生、健身、益寿为主，重内在精气神，而佛家重外练筋骨皮，因此在这里逐步形成外以功架为主、内以引导为重的峨眉拳系。此派拳法讲究内外兼修，形气并重，其拳自成一格，有二百多个拳路。与少林拳的多用长手与武当拳多用短手的风格迥异，峨眉拳长短并用，多变善诱，堪称中华一绝，形成刚柔结合、动静相兼、功艺一统的风格，独领风骚。

峨眉武功有着深厚的文化底蕴，根深叶茂，派系众多。如自然门，其创始人徐矮师隐居峨眉，来去无迹，如闲云野鹤。他根据峨眉武术拳架和峨眉山风云变化创立了自然门拳术。自然门拳术习练时以自然为主，不强求架势，一任自然，但有一定法则。功成之后，一动一静、一招一式均达到"自然而然"的境地。它讲究悟性，从看似动作简单的套路中心领神会。此门拳派多为单传，其中徐矮师的高足杜心五的故事颇具传奇色彩。

杜心五（公元 1869～1953 年），湖南慈利人。出身诗书传家的世儒之家，自幼读书之余，练习拳棍。十三岁时悬榜招师，一位河南来的王拳师向他推荐了有"江南怪杰"之称的徐矮师。徐矮师其貌不扬，个头不高，引起杜心五的怀疑。但王拳师曾嘱咐杜心五："千万不可怠慢，此人功夫非常，不可失之交臂。"于是，杜心五耐心与徐矮师学艺。三个月下来，天天练走圆圈，说是自然门的内圈法。杜心五心里有些腻烦了，禁不住央求徐矮师教些别的练法。徐矮师见状，告诉杜心五，只有练好内圈法，使身、步法与意气相依，如此循序渐进，才能练外功。看到杜心五不以为然的样子，徐矮师主动提出要和杜心五比试比试。早想知道师傅真功夫的杜心五立即爽快地同意了。杜心五使大刀，徐矮师用平时抽烟用的烟杆权作兵器。二人交手后，几个回合，杜心五使出浑身解数，可是怎么也碰不着徐矮师半根毫毛。后来又改换用拳，杜心五照准徐矮师劈头就打，只见徐矮师施用内圈步法，似精灵般躲闪，并不时呵呵大笑，还悠然

◀ 峨眉拳图

61

自得地抽上几口烟，使杜心五拳拳落空，无计可施。至此，杜心五才心服口服，伏地磕了三个响头，拜求师傅，从此安心学艺。走内圈的基本功一练就是两年。此后，他才开始练拳术。五年功成，整个身姿、步法、手法浑然一体，达到了顺乎自然、自然而然的境地。

1900年，杜心五在四川当了几年镖局镖师以后，为寻求救国之道，东渡日本，考入东京帝国大学。留学期间，他与同乡湖南桃源人宋教仁结交后，与一大批革命党人朝夕相处，并经介绍加入了同盟会。为防清政府秘探加害革命领袖，他还担任了孙中山先生的警卫。返国后，经宋教仁介绍，杜心五先后在农林、农商、农工部任职。他择徒授艺甚严。经多方考察，他将自然门技艺传给了一个叫万籁声的北京农大毕业生。万籁声虔诚拜师，苦心修炼。1928年，他在第一届武术国考中夺魁，成为载誉全国的"武状元"。

杜心五像 ▶

从万籁声开始，自然门拳派在海内外传播开来。如今，福建、广东一带有此派流传，后继有人，仍显示出旺盛的生命力。

峨眉功夫技惊天下。2002年金秋送爽的10月，峨眉山迎来了韩国国家跆拳道协会二十余人，他们是与河南少林寺僧人交流切磋后转道而来，与峨眉派功夫弟子观拳较艺的。为迎接远道而来的贵宾，峨眉派精心挑选了二十余名队员，其中有八岁的峨眉南拳高手顾成志，十四岁的擅长峨眉阴阳太极拳的"绵里针"杨鹏，十六岁的擅长峨眉六合刀的"赛飞燕"蒋冬梅，十八岁的峨眉神打"崩雷手"崔晨，二十二岁的硬气功"金刚坠"姚明。

这些峨眉弟子为客人表演了十八般兵器。韩国跆拳道高手也展示了他们的拿手好戏"踢木板"，在空中连续以快速脚法快、准、猛、狠地击碎木板。

接着，双方举行了一场仅八秒钟的短暂比赛：一名八十公斤体重的韩国跆拳道队员与崔晨对抗。双方对峙三秒钟后，韩国跆拳道队员主动攻击，一个又快又狠的后旋踢向崔晨袭来。崔晨后退了一步，闪过对方的直线腿法，接着以低鞭腿击打其大腿，后手掌连击其头部，致使韩国跆拳道队员随着惯性倒地。按散打的规则，对方倒地后就不能再去击打，因此崔晨的拳连连落空。此时，亢奋的韩国跆拳道队员一个高压腿向崔晨踢来。崔晨见状，一个侧滑步，高鞭腿、摆拳准确地打在对方头上，韩国跆拳道队员颓然倒地，仅仅八秒钟就定了乾坤。赛后，韩国跆拳道官员对峨眉功夫赞扬备至，衷心希望今后加强访问交流。

1996年12月6日，在墨西哥梅里达举行的联合国教科文组织世界遗产委员会第二十届全体会议上，"峨眉山和乐山大佛"被确定为"世界文化与自然遗产"之一，全票通过列入《世界遗产名录》。峨眉功夫已与整个峨眉山文化融为一体。

南　拳

传统套路的武术比赛 ▲

南拳流行于中国南方各地，历史悠久，种类繁多，内容丰富，多以地域得名，如广东南拳、福建南拳、浙江南拳、湖南南拳等等。各地所传南拳往往自成体系，各具特色。南拳手法多变、动作紧凑，步法稳固，刚健有力，且少用腿法，气沉丹田，发声吐气，运动中常伴有发声呼喝以助声威，随着拳势的不同变化，发出嘻、喝、哗、嘟、咿、嗌六种不同的喊声，因势发声。其拳出手居中，反应敏捷，"触即变，发如箭"，门户严密，手法灵巧，技击时以小打大，以巧打拙，以多打少，以快打慢，威猛迅疾的刚烈风格自成气象，独树一帜，具有阳刚之美，蜚声海内外。

历史上，南拳著名的拳师层出不穷，以近代而言，在武坛上享有盛名的洪熙官、方世玉、黄飞鸿、苏乞儿等名家高手的传奇故事在民间广为传扬。他们的拳脚功夫精彩绝伦，出神入化，令人眼花缭乱，目不暇接。步稳、拳刚、势烈，令人叫绝，这一切使这些武林英杰成为家喻户晓的人物。南拳不仅广泛流传于南方各地,还远播海外,薪传不衰,对传播中国武术功莫大焉。

南拳中影响最大的是广东南拳,以洪家拳、刘拳、蔡拳、李拳、莫拳五大流派为代表。清初,五大流派传入岭南后冲破清政府禁止民间习武的禁锢,得到蓬勃发展。晚清时出现了享誉一时的"广东十虎",黄飞鸿是其中的佼佼者。

黄飞鸿(公元1847～1925年),原名黄锡祥,广东佛山人,清末民初岭南武术界一代宗师,也是一位济世为怀、救死扶伤的名医。他六岁开始从父习武,十二岁随父街衢卖艺维持生计,十三岁时得"广东十虎"之一铁三桥的高徒林福成传授铁线拳和飞铊绝技,并在宋辉镗处学得无影脚,武艺日臻精进。后移居广州,父子开设武馆,授徒传艺。二十六岁时,他开始在军中任职,后被聘为广州水师武术教练。因治愈黑旗军将领刘永福多年腿疾,被聘为军医官,并任福字军技击总教练。1894年,刘永福率部赴台,抗击日军侵略,黄飞鸿随军驻守台

◀ 黄飞鸿像

南，训练军队抵抗日军入侵。一年后，清政府因甲午海战失败割台，刘永福因护台失利离去。黄飞鸿返回广东，自此行医，不再公开设馆授武。民国时期，他出任广东民团总教练，1925年逝世于广州。

有关黄飞鸿绝技的传闻很多，如双飞铊、子母刀、罗汉金钱镖等，因其精于虎形诸势而获"虎痴"的雅号，又因善舞狮而有"广州狮王"之誉。1919年4月9日，在广州海珠戏院为庆祝广东省精武会成立，一代武林宗师黄飞鸿表演了飞铊入埕的绝技。后来《南国电影》有如下报道：

莫老师太（按：指黄夫人莫桂兰）谈及黄飞鸿生前最爱使用的武器就是飞铊。那是使用纯钢铸成的锥形铊。铊的一端系以韧索，打出前先将铊疾曳转数圈，然后松索打向距离丈许的目标物，无不百发百中。黄师傅经常命徒弟捧着酒埕，埕中放置一枚橙子或梨子，站在丈外，将埕口向他。他即运铊打去，铊打中埕里果子，然后插着果子拉出来，酒埕丝毫无损，可见黄师傅功力之深。

黄飞鸿一生弘扬国粹，匡扶正义，早年他曾在香港以猴形拐脚踢毙由洋人设擂的一头大如牛犊的猛犬，自此名扬香江。后来更以无影脚屡挫强敌。提起他的续娶之妻更具传奇性：

黄飞鸿以精于洪家拳和超卓的武技名震岭南，数十年享誉不衰。他先

莫桂兰 ▼

66

后三次娶的妻子均享年不永，抛下他与孩子撒手人寰。心怀丧妻之痛的黄飞鸿郁郁寡欢。朋友多方排解，好心人劝他续弦，他每每追念前情，都不为所动。

一次，佛山附近一个乡举办迎神庙会，庙前高搭竹台，盛邀黄飞鸿参与盛典，舞狮演武。庙会临近，人们争相赴会，翘首等待舞狮表演。人群之中，一个大婶与身边广东高要的年轻姑娘莫桂兰开玩笑说："你看黄飞鸿年过半百，但身手矫捷，武艺非凡。你能打他一个巴掌，我就给你一百元钱。"莫桂兰听到大婶要与她打赌，推辞道："我与他素无怨仇，为什么无端动手打他呢？"大婶听了，取笑她胆怯懦弱，莫桂兰未予理会。

此时，黄飞鸿出场表演压轴的舞狮。数十载武师生涯，经过大场面的黄飞鸿穿戴随便，脚上只穿了一双布鞋。他表演的舞狮虎虎有生气，意态从容优雅，博得满场彩声。当他演到"老鼠赶猫"和"鬼王拨扇"时，其中有一个举脚踢的动作，不料他穿的布鞋突然脱落，正好打在人群中莫桂兰的头上。莫桂兰被惊得一激灵。她排开人群，直奔竹台之上，跑到黄飞鸿面前，不由分说，照准面颊打了黄飞鸿一巴掌。黄飞鸿一怔，满腹狐疑，不知这个素昧平生的女子为什么当众打他，于是询问缘由。只见莫桂兰气定神闲地自道家门，告诉他，素仰黄师傅大名，特来观看表演，不料表演中竟被飞鞋打中额头，你说该不该挨打？黄飞鸿连忙道歉，并解释这是一时不慎，请姑娘见谅。莫桂兰听了，含笑嗔怒地反问："幸亏我只是被你的布鞋击中，如果你是武器脱手，还不知后果如何呢！如此不经心，是不是让观众戴上'竹拆帽'再来观赏表演？"面对揶揄，黄飞鸿并未生气，反而一再拱手向莫桂兰赔不是。见此情状，莫桂兰跳下

竹台，径自离去。

返回以后，黄飞鸿反复寻思，既懊恼因自己疏忽脱落鞋子击人，又为莫桂兰不畏强手、敢作敢为的英武气概所打动，心生爱慕之情。况且她身手敏捷，性情率直，与自己相近，如能缔结良缘，堪称美事。在明察暗访之后，得知莫桂兰尚未婚配，于是托人做媒，与莫桂兰喜结连理。婚后，夫妻二人互敬互爱，情意相投。黄飞鸿还根据莫桂兰的条件，悉心授以子母刀等绝技。

黄飞鸿去世以后，从上个世纪30年代开始，以他题材的文艺作品不绝如缕。除文学传记、小说之外，还有粤剧。而以他为主角的电影更是接连不断，从1949年开拍有关黄飞鸿的电影，至上个世纪末，共拍摄了一百余部。众多演员因饰演黄飞鸿而闻名于世，广为人知，从中可以看出黄飞鸿这位岭南武术宗师非凡的影响力。

形意拳

形意拳，又名心意拳、六合拳、心意六合拳。它的创始人为明末清初的姬际可。

姬际可（约公元1591～1677年），山西蒲州（今山西永济）人。早年曾赴少林寺学艺十年，颇得秘传，尤精枪术，能骑马驰骋，手执长枪点刺房檐的椽木。相传他在少林寺期间，受两鸡相斗的启发，遂悟其理。生逢乱世的姬际可变枪为拳，聊以自卫，取"以意为始，以形为终"之意，结合少林寺的虎、龙、豹、蛇、鹤五拳，创立了以龙、虎、猴、马、熊、鹰、鹞、龟等十二种动物为动作形态的形意拳，仿其法，效其技，练其功。

此拳以迅猛雄悍著称，强调近打快攻，先发制人，迅如闪电，拳不落空；头、肩、肘、手、胯、膝、脚七处并用，处处可进行攻击。其特点为简练朴实，动静分明，"出手如钢锉，落手如钩竿"；沉着稳固，身正步稳，"迈步如行犁，落脚如生根"。它要求做到心与意合、意与气合、气与力合、肩与胯合、肘与膝合、手与足

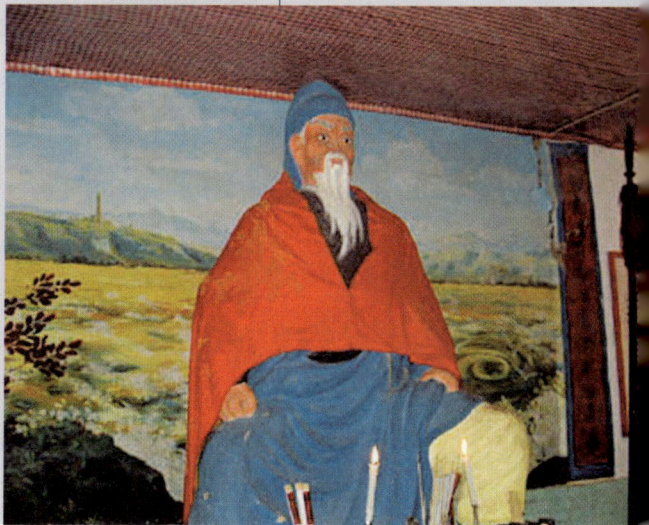

▼ 姬际可塑像

69

合。姬际可深受乡人爱戴，被尊为"夫子"。他去世后，乡人为他建"奉先堂"，进香朝拜。

形意拳传人中有一位以"半步崩拳"著称武林的郭云深。

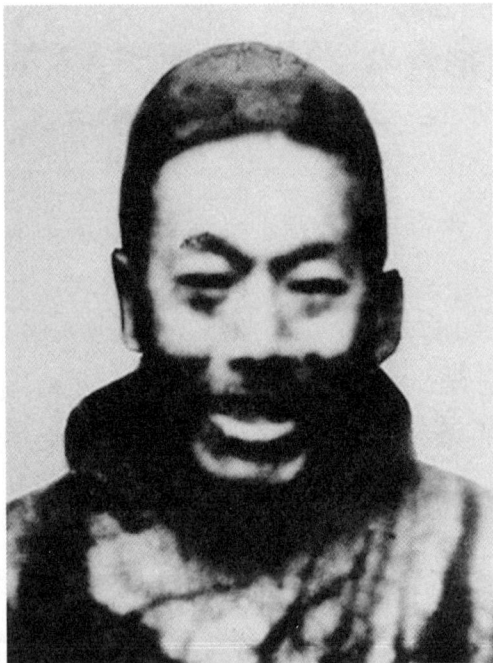

郭云深，河北深县人。他幼年喜拳术，数年未成大器。后来他听说本县李洛能人称"神拳李"，拳艺精深，遂前往投拜。李洛能见他诚心学艺，告诉他，形意拳看似简单，但道理深奥，非下几十年苦功不得入其门。郭云深执意学拳，几十年间昼夜研习，尽得李洛能真传。后因打抱不平，铲除恶霸，犯了人命官司而下狱。他身陷囹圄，脚系铁镣，项上加枷，行动不便，但仍坚持练功不辍，终于练就只须迈出半步的崩拳绝技，成为一代宗师。他练拳静如泰山，动如飞鸟，以"半步崩拳打遍天下"而驰名武林。

河北正安有一名绰号"鬼八卦"的焦洛夫心怀不服，因为他曾以杆子打败了大枪刘德宽而名声大著。他特意到深县与郭云深比试一番。然而，二人交手仅一个回合，焦洛夫就被打翻倒地。返家后，焦洛夫闭门苦思冥想，寻求破解郭云深半步崩拳之法。一天，他从厨工切萝卜的动作中悟出砍法可破崩拳，于是苦练三年，直至一掌可以把碗粗的白蜡杆砍断。他认为功夫可以战胜郭云深了，于是二人再次较量。没料到，当他挥动双臂施用砍法击打郭云深时，仍然抵挡不住郭云深迅如雷电的崩拳。只听得一声闷响，他犹如墙倒屋塌，又一次被打翻在地。

两次失败，焦洛夫仍不甘心认输，反而心生邪念，企图以暗器伤人取胜。他在胳膊上绑上利刃，以衣服作掩饰，准备与郭云深比武时利用时机挑断其臂。他第三次邀请郭云深比试。当二人交手时，郭云深发现焦洛夫的砍法并非向下用劲，而是用小臂向上挑。暗惊之余，郭云深急用化劲，将焦洛夫上挑之力卸掉，此时，焦洛夫觉得有一记惊涛裂岸般的崩拳向他的胸前袭来，还没等他醒过神来，人已扑倒地上。至此，焦洛夫不得不认输，喟然长叹："好崩拳！"

形意拳名家辈出，传人颇多，其中形意拳巨擘车永宏以形意剑术大败日本坂三太郎的故事也广为传颂。

形意拳自姬际可创编后，流传中形成河北、山西、河南等不同流派。李洛能作为山西派戴龙邦的传人，对改进形意拳贡献很大；其弟子车永宏又进一步大胆改革，形成了拳势紧凑、劲力精巧的车派形意拳，有后来居上之势。

车永宏生值列强入侵、民族危机日深的近代，他倡导精武救国，胸怀报国效力之心。1888年，天津租界举办国际击剑

▼ 形意拳

形意名家布学宽
狮吞手之狮子抱球势

布先生创编的狮吞手变化法，寓理深刻，变化无穷。来向家三拳之技击精华，运用打吃埋原理变化手法。其形如狮子猪口，意如毒蛇吸食，劲力刚柔相济，注重以柔克刚的圆球劲，后发制人的弹簧力，去发如触电一

71

比赛，日本人坂三太郎连连获胜，气焰嚣张，目空一切地宣称中国无人可以胜他。车永宏闻言后，从山西太谷披星戴月赶赴天津，决意与坂三太郎一比高下。他先用白蜡杆与之交手。坂三太郎持枪向他刺来。未等人枪近身，车永宏翻身拧动白蜡杆，向前一击，正中坂三太郎胸口，对方顿时被摔出一丈多远。接着，二人比试剑术。剑艺非常了得的坂三太郎连连挥剑向车永宏逼近而来，车永宏步步闪避，退至擂台边角，看似已退路全无。坂三太郎得意非凡，抓住时机大吼一声，持剑腾身向车永宏扑来，势如疾风闪电，必欲置车永宏于死地。刹那间，只见车永宏施展轻功绝技，缩身如棉，身体已飘忽转至坂三太郎之后，仅用剑端轻轻在其肩上点了一下，本以为坂三太郎应当就此体面下台，不料他自不量力，气急败坏地连连出手反击。这时，车永宏运用形意拳功夫，连出几招，坂三太郎早已招架不住，手腕被击中，手中的剑被挑飞到擂台之外。至此，自知不敌的坂三太郎才甘拜下风。从此，车永宏名声大震，被清政府授予"花翎五品军功"，以示表彰。

八卦拳

八卦拳，顾名思义，与中国古代哲学中的八卦学说有关。八卦，原指由两种符号阳爻（—）和阴爻（- -）组成的八种基本图形，分指八个方位，即乾、坤、震、巽、坎、离、艮、兑。八种图形之间有一定的对应关系与变化规律。八卦拳以掌代拳，

◀ 八卦拳图

步走圆形，以掌法变化与行步走圈为主进行演练，突破传统拳法以拳为主、步走直线的路数，运动时纵横交错，分四正四隅八个方向运动，与《周易》中的卦象相似，因此称八卦拳，又称八掌卦。由于此拳不断地在弧线上走圈，左旋右转，右旋左转，绵绵不断，又有"转掌"、"游身八卦掌"、"八卦连环掌"等多种称呼。八卦拳以技击为主，动作灵活迅捷，"起如风，落如箭，追风走月还嫌慢"。每掌均为左右对称，可由一掌生八掌，进而衍化出八八六十四掌。在循环往复、周而复始的走圈换掌中，随走随变，可以避开对手的锋芒，伺机发现其弱点，捕捉战机，疾如闪电般进行攻击，攻其不备，出其不意，令对手防不胜防。

董海川被尊为八卦拳开山始祖。

董海川（公元1796～1882年），河北省文安县人。他身材魁梧，臂长手大，自幼嗜武，以勇武闻名乡里。后浪迹江湖，广收博采，深究名家拳法，兼取众长，形成一套八卦拳，以绕圆走圈为运动的基本方式，在行步走圈中换掌变招，敏捷多变，"行走如龙，回转若猴，换势似鹰，沉若虎坐"。

董海川身怀绝技，造诣精深，不轻易示人。有关他的逸闻很多。传说他与太平天国、捻军均有关系，曾受命潜身北上，三次入宫行刺咸丰皇帝，皆因宫内戒备森严而未果。于是，他决定净身入宫当一名太监，想借此接近内廷。此事被清廷察觉，董海川被内务府大臣肃亲王怜才，委以散差太监，为王府看家护院。传说他在肃王府内飞越宫墙，提茶递水于肃王。一次，肃王府大开宴席，宾朋满座，济济盈庭，拥挤非常，以至于侍者难以穿行。只见董海川似毫无障碍地穿行其中，如入无人之境，众人大为惊异。从此，董海川有异秉奇功的说法遍传京华。府中有个叫全凯亭的满族人，为了试探董海川的功力，一次用突然袭击的办法从背后举刀去砍董海川的头部。谁知董海川早有警觉，等刀落下，他早已躲过。又一次，全凯亭晚上躲在董海川的门外，从窗户孔偷窥董海川练功。谁知他的眼睛刚凑近窗孔，猛然一团纸丸已从窗内飞来，不偏不歪，正中其目。全凯亭对董海川的武艺深为折服，跪拜投师，董海川坚不肯收。全凯亭跪地一天一夜，终于感动了董海川，遂收下他做了门徒。

有关董海川净身为太监，较为可信的说法是他因事杀人，负有命案，触律受腐刑，成为宦者，供职于内廷。后来，董海川离开肃王府，到民间传艺授徒。由于他因材施教，有教无类，弟子众多。八卦拳虽为产生较晚的拳种，但普及迅速，衍化出五大支派，各有传承，至今活跃在武坛与民间。

除了少林、武当、峨眉、南拳、太极、形意、八卦等几大拳系之外，武坛上还有众多拳派，它们不仅均有渊源与流衍，各有传承，而且还有许多趣闻逸事在武林流传。其中值得一提的是沧州的武林二杰。

河北省沧州素有习武之俗，是闻名遐迩的武术之乡。这里的人们酷爱武术，舞枪弄棒成风，武林英才辈出，佟忠义、王子平就是杰出的代表。

佟忠义（公元1879～1963年），满族人，出身武术世家，以开设镖局为业，并在沧州设立武馆，收徒授艺。佟忠义从小随父兄习武，得六合拳法真传。六合拳为佟氏祖传拳法。六合，指东南西北与上下，六合拳强调练拳时前后、左右、上下均须照

◀ 佟忠义像

应，其动如行龙，定如卧虎，轻如云鹤，迅如狡兔，灵如猿猴。

佟忠义魁伟高大，臂力超人，练就一身摔跤绝技，人称"摔跤大王"。成年后，他随二哥佟忠诚赴奉天（今沈阳）开镖局，走南闯北，与武林高手结缘，汲取各家之长，如蒙古族的摔跤、祖传擒拿，融入六合拳法，形成独具特色的拳艺。后来，他在上海开设"忠义拳术社"时，有"关东大侠"之称的大力士查瑞龙带领十余名虎背熊腰的把兄弟找上门来，要与他比试武艺，地点定在海关公寓花园。查瑞龙的十余名把兄弟轮番上阵与佟忠义交手，均被佟忠义摔倒在地，无一幸免。看到连战皆败，查瑞龙只好亲自上场。这时，佟忠义对围观者说："我用毛巾蒙住双眼跟他比试，如果不是让他倒在前门而是倒在了别处，就算是我输他赢。"查瑞龙力大无穷，能双手将百余斤重的石块放在肩颈腰背上轻松自如地耍弄。听到佟忠义如此说，他扑上去抱住佟忠义的腰准备发力将其撂倒，没想到佟忠义向左侧转动身体，腾出右腿，一个挑钩，将查瑞龙重重地摔倒在地。查瑞龙自知轻敌冒失，接下来比试时格外小心。他左脚上步，伸出右手去抓佟忠义的袖口，佟忠义看准查瑞龙左脚未放稳，趁机连施绝技，以右扑脚、抹脖子的技法将查瑞龙摔了个仰面朝天。至此，查瑞龙自愧弗如，心悦诚服地向佟忠义认输。后来，他还托人说合，拜佟忠义为师傅，学习六合拳。

1914年七夕，英籍犹太巨商哈同在上海爱俪园为其妻子罗迦陵举办五十岁寿庆，不惜花巨资盛情款待来宾，还聘请中外书画家和杂技家为其妻献艺祝寿，佟忠义也应邀赴会。他先后表演了八仙剑和弓射弹丸，观众的掌声、喝彩声不绝于耳。当时，有一位出席祝寿会的洋剑师叫沙利文，他看到佟忠义大受欢迎，于是走到佟忠义面前，要与他比试剑术，还拿出一件击剑专用的护身衣让佟忠义穿上，看到沙利文不讲文明礼貌、咄咄逼人的态势，佟忠义勉强同意。

　　二人比试开始后，佟忠义施用太极八卦步，游走不停。尽管沙利文多次出剑攻击，但都不能接近佟忠义的身体，他自己反而被搞得晕头转向，不知道东南西北。此时，佟忠义故意卖了一个破绽，沙利文不知这是诱敌之计，反以为机不可失，立即举剑朝佟忠义的胸口就刺。孰料佟忠义左上步右急转，致使沙利文剑刺扑空，再想回剑已经来不及了，只听得"当"的一声，沙利文的右手腕被佟忠义的剑梢击中，手中的剑落在地上。顿时，观众席中爆发出掌声、喝彩声，沙利文尴尬地捂着疼痛发麻的右手，承认自己是败军之将。

　　另一位沧州著名武术家王子平（公元1881～1973年），回

◀ 王子平(中)

王子平与武术 ▲

族人，因家境贫穷，其父想让他改习别业，不再延续世代习武的家风。但王子平痴迷习武之道，发愤自学自练，并常去偷学别人练功的招式，加以揣摩，化为己用。后来他拜师学艺，精于摔跤与各式长拳，膂力过人，练就一身硬功夫。

1900年，义和团在北方飙兴，遭到八国联军的疯狂报复与镇压，沧州一带许多习武之人受到株连，王子平也因被诬为"拳匪"而被迫逃亡，到山东济南其叔父处避难。一天，他在泉城柳园喝茶，茶客们津津有味地观赏一个水推磨飞快旋转，技痒难熬的王子平脱口说出："我可以让它停止转动！"周围的人不敢相信，认为他信口雌黄，不过是吹牛而已。王子平见众人不信，还以鄙夷不屑的目光看他，便拨开围观的众人，一个骑马蹲裆式，气运丹田，一伸手就把那个飞转不停的水推磨稳稳拉住，不再动弹。人们震惊之余，以"千斤王"称誉其神力。

1921年，一批外国人到中国上海摆擂，有体重295磅的美国人乔治、体重305磅的德国人彼得等等。他们以"万国竞武场"的名义发出比武声明，利用报纸宣传，声称能打上他们一拳者赏五百元大洋，如能把他们打翻在地，赏一千元大洋。群情鼎沸，人心难平。上海武术界公推王子平出阵，与这些外国人比试，王子平慷然应允。双方签字画押，约定次日正式比武，一决高下。当时，外国经理提出，比赛前请比武者向观众讲话，以示双方的友好与诚意。

　　第二天，王子平稳步登上擂台，准备向观众讲几句话，不料突然从背后冒出一个彪形大汉，一个冷拳向他袭来。王子平早有防备，只见他轻身一闪，冷拳不曾打着。那个彪形大汉还不罢休，接着又施一拳，企图给王子平一个下马威。王子平又一次躲过黑拳，顺势飞起一脚，只听得重重的落地声响，那个彪形大汉早已跌翻在地，接着，又被王子平打了一拳。当天晚上，比赛被取消，外国经理声称合同无效，并说那个彪形大汉不是他们派来的，王子平气愤难平，坚持要与他们比赛，并托人转告带队前来的美国人沙利文："不见输赢决不善罢甘休！"这批外国人原想称霸上海武坛，不料想强中更有强中手，在王子平的震慑下，他们见大势不妙，只得灰溜溜地撤走了。

■ 剑术

武术与文化

武术与武德

　　受中国传统的崇礼敬德思想的深刻影响，习武之人讲究武德。文以德彰，武以德显。儒家认为，仁、义、礼、信、勇为武德所必备，是值得推崇与提倡的美德。习武者在社会活动中应当严格遵循这些道德规范，并以此作为行为准则。无论何门何派，均十分重视道德伦理，无不自觉地把武德纯良作为一种高品位的追求。

　　为了培养和提高习武者的品德，武林各门派均有自家的门规、戒律。在武术传授上则严格讲究尊师重道。古人说，"一日为师，终身为父"，足见拜师学艺决非等闲之事。武林中尤其讲究择师择徒。例如形意拳大师李洛能拜师的过程就十分曲折。

　　形意拳自明末清初由姬际可始创以后，在长期传播中形成几大流派，其中山西派传人为戴龙邦。戴龙邦又增编了五行拳。河北深州人李洛能仰慕戴龙邦的拳法，不远千里来到山西祁县，一门心思向戴龙邦拜师求艺，不料受当时功夫不轻易外传观念的影响，遭到戴龙邦执意回拒，几经央求也未获应允。此时，经商的李洛能不惜变卖家产，移居祁县，在城东南开垦了一个菜园，以种菜贩菜为生，决心学拳。他每天到戴家门前以卖菜为由，寻机拜见戴龙邦。戴家买菜他从不收钱，答应让他们年终

五行拳 ▶

结算。可是到了年终，李洛能仍然不收，跪地向戴龙邦叩头，请求收留他为徒。但戴龙邦不为所动，坚决不肯收下李洛能学拳。此事被戴母闻知，她责怪儿子不明大义，生气地说："人家从千里之外远道而来，你怎么不传授于他呢？我们戴家的形意拳不能传给没有良心的坏人，像李洛能这样的好人就该传授。"戴龙邦不敢违拗母命，只好收下李洛能，但只同意教他一套劈拳和一套桩功。三十四岁的李洛能开始勤学苦练。

两年后，戴龙邦的母亲八十大寿，亲朋至友携礼前来祝寿，李洛能也备礼前往。寿宴之上，戴母让戴龙邦的弟子们练拳助兴。轮到李洛能，他练了一套劈拳，戴母见其拳法出众，不禁大加称赞，叫他再献上一套。因为李洛能只学了一套劈拳，其他拳法未被传授，只好重练一次劈拳。戴母深为奇怪，追问之下，才知道儿子只教了李洛能一套劈拳，于是当面责备儿子。戴龙邦这才同意正式收李洛能为徒，李洛能终于得列门墙。他花了十年工夫，终于学成。后来，他在戴氏形意拳的基础上加以改革创新，创立了"三体式"的形意拳。返回河北原籍后，他破除墨守成规的保守门风，广为传授，形成形意拳中的河北派，人称"神拳李"。

此外，武林中十分重视择人而教，并以"三不传"、"五不传"、"八戒律"之类的规矩作为传授武艺的标准，强调"德为习武之本"。例如，为了规范有志习武者的言行，少林寺在收徒上有"十不许"之规："不许欺奸妇女，不许抢孀逼嫁，不许欺负良善，不许劫夺财产，不许酗酒滋事，不许伤残世人，不许胡作非为，不许背弃六亲，不许违拗师长，不许结交匪人。"弟子入门且有"十愿"之誓："愿学此本领，保国安民；愿学此本领，抑强扶弱；愿学此本领，救世济人；愿学此本领，锄恶除奸；愿学此本领，保助孤寡；愿学此本领，仗义疏财；愿学此本领，见义勇为；愿学此本领，兴旺门第；愿学此本领，舍身救难；愿学此本领，传授贤徒。"此外，少林练功有十忌："一忌荒惰，二忌矜夸，三忌躁急，四忌太过，五忌酒色，六忌狂妄，七忌讼棍，八忌假正，九忌轻师，十忌欺小。"

中华民族是礼仪之邦，

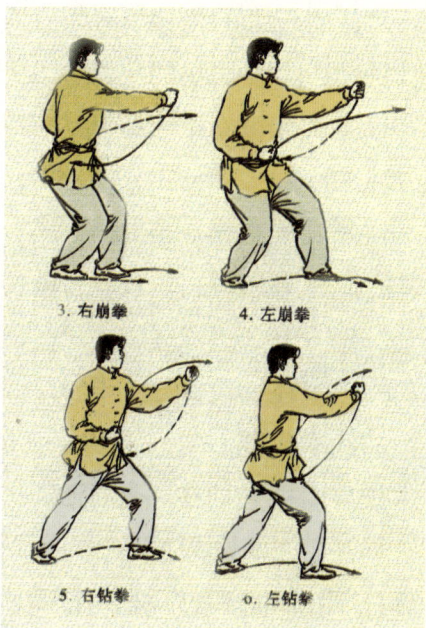

3. 右崩拳　　4. 左崩拳
5. 右钻拳　　6. 左钻拳

◀ 陈发科拳照

儒家"贵在中和"的思想深入人心,"致中和"成为使人间万物达于和谐的最高境界,而"中和"之理正是内家拳派奉行不悖的准则之一。而从先秦哲学家老子的"夫唯不争,故天下莫能与之争"衍化出的"不争之争",给后世习武者以透彻的启悟。武林高手对诚信谦让备加推崇。善拳者不言勇,以德服人。秉持操守,千金不易,成为习武者行为的楷模。诸如立身刚正、见义勇为、除暴安良、慷慨乐助、除强扶弱的英雄侠义行为,成为武林惯常的话题。

陈式太极拳十七世传人陈发科谦和礼让的美德在武林广为传诵。

陈式太极拳深受儒风浸染,极重武德,培养出许多德艺双馨的武林大家。陈氏第十七世传人陈发科堪称代表。陈发科(公元1887~1957年)有"牌位大王"之称,他与摔跤名家沈三比武的逸事在近代武坛上传为美谈。一次,陈发科和沈三均被邀参加武术比赛。二人会晤,互道仰慕后,因不知抽签是否会把摔跤与太极拳抽在一起比赛,沈三坦言自己只懂摔跤,对太极拳不甚了了,如果两者交手,不如先研究研究。陈发科听了笑答:"当然也该有办法。"随即伸出双臂,故意让沈三抓住,人们见了，以为一场精彩的比赛即将开始。孰料，不到三秒钟的时间，陈发科与沈三相视大笑，比赛至此戛然而止。

事后，沈三携礼拜望陈发科，并向陈发科表示感谢。陈发科的弟子在场，不解其意。沈三问道："你们师傅回来没跟你们说吗？"众弟子齐声回答："只字也未提及。"沈三闻言，不禁伸出大拇指，称赞道："陈师傅不仅功夫好，人品更好！"原来，当二人交手时，沈三握住陈发科的双臂后，原想顺势将其掀翻在地。不料，他发现自己不仅用不上力，而且连腿也抬不起来了，他的劲已被陈发科"化"掉，怎么也使不出来了。这时，他明白陈发科的功夫比自己高多了。正当他自悔将要因输而丢尽颜面的瞬间，陈发科却向他哈哈大笑，轻轻放开了他，为沈三留了面子，而且事后并不宣扬。

沈三走后，众弟子又问陈发科为什么不摔倒沈三，陈发科回答："一个人成名不容易，我们应该替人家保护名誉，'己所不欲，勿施于人'。"从中可以看出陈发科宽容待人的高尚品格。

武术与养生

在远古洪荒时代，中华先民从茹毛饮血到钻木取火，从树栖穴居到结茅为舍，历经漫长的岁月变迁，与大自然进行了各种斗争。为了保护生命，繁衍后代，在生产、生活实践中逐渐摸索出一套行之有效的保健方法，并互相传授，古人把这种保健延年活动称为"养生"。中华民族历来重视养生，有文字记载的养生之道达四千年之久。武术与中华传统医学中的养生密切相关，它把养生理论系统完整地加以吸收，逐渐形成形神合一、内外兼修、内养性情、外练筋骨的养身健身之道。它以"天人合一"为最高境界。所谓"天人合一"，就是把人作为一个小宇宙，人必须遵循宇宙法则，让人体与宇宙达到和谐，与外界环境保持统一，与自然相融，从而求得身心和谐。这就要求习武之人养正性，顺自然。

有关养生的著作，最早的是形成于秦汉时期的《黄帝内经》。其后，随着佛教、道教的兴盛和医学的昌盛，养生学不断发展，养生类著述日渐增多。其中不乏与武术有密切关系的著作。

1.华佗与五禽戏

华佗（公元？～208年），沛国谯郡（今安徽亳县）人，东汉末年著名的医药学家、养生学家，尤精外科手术。他发明的麻沸散可用于临床麻醉，为病人施行"刳破腹背"、"湔洗肠胃"的手术，被认为是世界上第一个使用麻醉药进行腹腔手术的人。关于他的神奇医术有他为关羽"刮骨疗毒"的故事。事见《三国演义》：关羽率兵攻打樊城，被曹兵毒箭射伤，毒已入骨，右臂青肿，不能活动。于是，请来华佗为其医治：

时关公本是臂疼，恐慢军心，无可逍遣，正与马良弈棋；闻有医者至，即召入。礼毕，赐坐。茶罢，佗请臂视之。公袒下衣袍，伸臂令佗看视。佗曰："此乃弩箭所伤，其中有乌头之药，直透入骨。若不早治，此臂无用矣。"公曰："用何物治之？"佗曰："某自有治法，但恐君侯惧耳。"公笑曰："吾视死如归，有何惧哉？"佗曰："当于静处立一标柱，上钉大环，请君侯将臂穿于环中，以绳系之，然后以被蒙其首。吾用尖刀割开皮肉，直至于骨，刮去骨上箭毒，用药敷之，以线缝其口，方可无事——但恐君侯惧耳。"公笑曰："如此，容易！何用柱环？"令设酒席相待。

公饮数杯酒毕，一面仍与马良弈棋，伸臂令佗割之。佗取尖刀在手，令一小校捧一大盆于臂下接血。佗曰："某便下手，君侯勿惊！"公曰："任汝医治。吾岂比世间俗子惧痛者耶！"佗乃下刀，割开皮肉，直至于骨，骨上已青。佗用刀刮骨，悉悉有声。帐上帐下见者，皆掩面失色。公饮酒食肉，谈笑弈棋，全无痛苦之色。须臾，血流盈盆。佗刮尽其毒，敷上药，以线缝之。公大笑而起，谓众将曰："此臂伸舒如故，并无痛矣。先生真神医也！"

华佗创编的"五禽戏"是古代一种体育疗法，他总结古代导引吐纳之术，采撷其精华，模仿虎、鹿、熊、猿、鸟五种动物姿态，结合人体脏腑、经络和气血的功能，编成一套展手伸足、俯身仰首、活动筋骨、加强血液循环的运动形式。这套仿生式的体操偏重肢体运动，模仿五禽的动作，体现出虎的威猛、

▲ 关羽刮骨疗伤

五禽戏 ▶

鹿的安逸、熊的沉稳、猿的灵巧、鸟的轻捷，姿态优美矫健，神韵十足，形意兼备，从而达到意气相随、内外合一、强身健体的功用。后来，五禽戏一度失传，南北朝（公元420～589年）名医陶弘景曾辑有《五禽戏诀》。华佗创编的五禽戏对后世象形拳的创编与发展起到了推动作用。如今五禽戏已形成不少流派，各有风格特点。

2.八段锦

八段锦是中国古代民间流行的一种健身防病体操，最初是道教的一种修行导引术，至宋代，在总结历代实践经验的基础上，被编成一套八段锦。"八"字，不是单指其为八节连贯的嘘吸按摩动作，而是表示其功法有多种要素，互相制约，相互联系，循环运转。"锦"字，由"金"和"帛"字组成，以表示其精美华贵。其名最早见于南宋洪迈《夷坚志》一书，后被南宋曾慥收入养生文献《道枢》。它载有八节动作，有文八段与武八段之分，并有锻炼的口诀，依次进行全身运动，相当于徒手操。八段锦属于有氧运动。其功法动作柔和缓慢，令人神清气爽，体态安详；松紧结合，动静相兼，有助于疏通经络，活血

化淤；神与形合，气寓其中，从而达到良好的健身防治的效果。

八段锦在流播过程中，被不断加工整理，逐渐分化为南北、文武等流派，南派动作较舒缓，有立式、坐式，强调静思凝神与呼吸吐纳，便于学习。北派多为骑马式，较为繁难。文八段多为坐功，吸收历代健身术中行气、叩齿、嗽咽、按摩等手法，加上头颈、躯干、上肢活动。武八段重肢体运动，辅以呼吸与咽津。由于八段锦动作简练易学，歌诀明快好记，男女老少皆宜，不受气候、季节、场地等条件限制，所以深受民众欢迎，得到普及。至明代已传入日本。

3. 易筋经

易筋经相传为达摩传下来的"三经"（易筋经、易骨经、稀髓经）之一。经后人研究认定，实为明代紫凝道人所创。易筋经历史悠久，流派众多，繁简不一。与八段锦相似，易筋经可以采取站式，也可采取其他多种姿势进行锻炼。其练功强调内壮与外壮,即使内脏器官与运动器官均得到锻炼,使身体全面发展,神、气、体有效结合。其动作简单,多用暗劲（静止用力）,意守丹田,

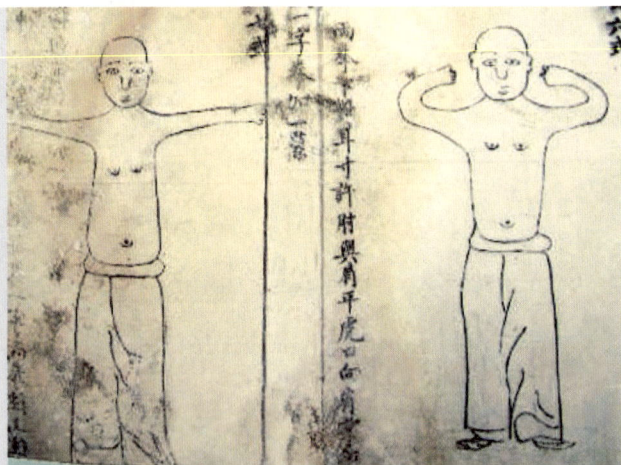

易筋经 ▶

与呼吸相配合,循序渐进、持之以恒地进行锻炼,使身体内的五脏六腑和全部经脉得到充分调理,有保健强身、防止早衰、延年益寿等功效。

武术典籍举要

明清以前,武术技艺多靠口传身授,少有文献存世。至明清,武术理论开始形成,先后有一些文武全才的人物撰述武术著作,一批武学经典陆续问世,略举如下:

1. 俞大猷《剑经》

俞大猷（公元1503~1580年）,福建泉州人,明代著名爱国将领、抗倭民族英雄,与戚继光齐名,人称"俞龙戚虎"。他出身贫寒,少有大志,自幼文武兼习。他曾师从著名剑术家李良钦

学剑术，深得荆楚长剑之要。稍长，又师从军事理论家赵本学学习统兵御敌之术，谙熟各种布阵之法。他不仅剑法高超，钩、刀、枪等器械也样样精通，尤精棍法，人称"俞家棍"。他戎马一生，屡建奇功，擢升为总兵。他转战江浙闽粤，统兵二十余年，抗击倭寇，身经百战，令倭寇闻之丧胆。他注意研习民间武术，以武术训练军旅，主张对练，力避单练。棍法重临战实用，不求花哨。他根据实践对士卒与敌短兵交接格斗的技击经验进行总结，著有《剑经》等专著。名为《剑经》，实为棍术，兼及拳、剑、刀、枪，是一部论述剑法、棍法及各种兵器功用的武术著作。书中运用中国古代哲学中动静、刚柔的理论，将阴阳五行变化与剑技熔于一炉，阐述棍法理论、棍法技艺。他在总结前人经验的基础上，吸收当时著名拳家的传授，提出创见，自成体系，特别是他提出的"顺人之势，借人之力"、"旧力略过，新力未发"等技艺理论，总结了武学原理，不仅适用于棍法，且为后世各派武术所共同援用，成为武技经典著作。

▲ 枪术技击图（明）

2. 戚继光《纪效新书》

戚继光（公元 1528～1587 年），山东蓬莱人，明代抗倭名将，著名武术家。其父戚景通为明代神机营副将，常对子女进行爱国主义教育。少年戚继光立志报效祖国，随父学武读经，每日与武术教师练习武术，颇有长进。从十六岁开始，他承袭父职，开始戎马生涯，后屡立军功，升迁为参将、总兵，受命统辖东南沿海一带抗倭军事重任。在长期镇守海防的生涯中，他大力改革明代陈腐的兵制，编练新军，加强实战训练，组建成一支纪律严明、武艺高强的戚家军，大败倭寇，威震东南。

在抗击倭寇的戎马倥偬中，戚继光仍笔耕不辍，编写了《纪效新书》。这是中国历史上第一部以训练为主的兵书。全书十八卷，内容涉及诸多用兵方法，既有军事理论，又有实用技术，书中旁征博引，注意收录民间武术项目以及自成一家的武术体系。书中对中国武术多发精辟创见，论述了当时流行于世的武术状况，录有枪、棍、拳、刀等各种要诀。书中对练兵、治械、阵图、拳术均有创见，主张武术训练重临阵实战，讲究切合实效，反对"花法"、"虚套"。同时，他根据当时流行的拳种，综合民间古今十六家之长，编制出三十二式拳法，提出"其拳也，为武艺之源"的论断，并绘出图式作为练兵的教材。这三十二式拳法对后世影响很大，如太极拳开山鼻祖陈王廷在创编太极拳时就从中吸取了二十九式作为太极拳

戚继光像 ▶

的基本套路。

3.程宗猷《耕余剩技》

程宗猷（公元 1561～？年），安徽休宁人，明代著名武术家。他少年有志习武，四处访师，棍法得自少林僧洪转，刀法得自浙江刘云峰，枪法得自河南李克复。他对刀、枪、棍、弩均有精深造诣，先后著武术书多种，后合刊总名为《耕余剩技》。近人重印，易名为《国术四书》。书中阐发习武心得，练兵主张胆量、意志、武艺三者并重，主要介绍少林棍法，有理论、动作图解等，并附有歌诀，颇便于练习者研习。

4.吴殳《手臂录》

吴殳（公元 1611～1695 年），江苏太仓人，明末清初著名武术家，对枪术研究极精。其枪法得常熟枪术名家石敬岩之传，又从项元池、渔洋老人习枪法、双刀法与剑术，并先后学习了少林枪法、马家枪法、沙家枪法、韩氏枪法、峨眉枪法等，兼习诸家，择优而从。在此基础上，他著成《手臂录》一书，被武术界誉为"枪法大成"。他从五百余种古代枪法中精选出一百一十种，组成吴家枪

◀ 手臂录

法。其特点是枪如蛇行，手足迅疾，攻守兼施，以精解各种枪法著称。他以实事求是的态度，对当时流行的诸家枪法详加论说，分析异同优劣，堪称博学兼得。同时他还旁及其他器械，如刀、叉、狼筅等多种兵器，并以多年心得创制筅枪，颇便于实战。

武术与文学

武术的萌生与发展，催生出"武侠"这一中国文化中的独特现象，并与文学作品结下不解之缘，与武侠有关的文学作品层出不穷。以小说而言，中国文学史上就出现过多次武侠小说的高潮。

史记 ▼

在中国历史上，先秦时期的"士"作为一种从平民中分化出来的独特阶层，其成员也在不断分化组合，最终形成儒与侠、文与武的分途。战国时期的武侠多以游侠的面目出现。荆轲刺秦王的故事在汉代广为流传，汉代石刻也有画像，汉代小说《燕丹子》记荆轲刺杀秦王嬴政之事，被视为中国武侠小说的滥觞。司马迁在撰写《史记·

游侠列传》时，为诸多游侠立传，虽是史学著述，但文学色彩浓郁，生动传神。这些言必信、行必果，讲信义、重然诺的侠义行为令人推仰。《刺客列传》中，司马迁浓墨重彩塑造了五个义薄云天的侠客形象：鲁国大将曹沫以匕首逼迫齐桓公退回割让的侵地；吴国人专诸为报公子光的私仇，以"鱼藏剑"刺杀王僚；晋国人豫让为故主智伯报仇，不惜毁容吞炭，行刺赵襄子未遂，义不二心，伏剑自杀；韩国人聂政受严仲子重托，只身入相府，刺杀韩相侠累，击杀数十人，自毁皮面，剖肚决肠而死。其中以卫国人荆轲刺杀秦王嬴政的故事最为悲壮激越。

荆轲是卫国人，迁居燕国，人称"荆卿"。他好读书、击剑，凭借剑术游说卫元君，未见任用。

一次，荆轲路经榆次，与名家盖聂论剑术，盖聂认为他剑术不高，怒目而视之。荆轲走了以后，有人劝说盖聂把荆轲请回来，盖聂回答："刚才我与他谈论剑术，他所谈有不得当之处，我用眼瞪他，他应该走了，不敢再留在这里了。"

后来，荆轲去了燕国，与一个以屠狗为业的屠夫和擅长击筑的高渐离友善，三人天天在燕市上喝酒，狂放不羁。酒喝到似醉微醺之际，高渐离击筑，荆轲和着节拍引吭高歌，以此为乐。他们有时相聚哭泣，一副旁若无人的样子。隐士田光认为荆轲不是平庸之辈，把他引荐给在秦国做人质而逃归的太子丹。太子丹看到秦国屡屡出兵入侵各诸侯国，蚕食鲸吞，战祸将及燕国之境。为此他焦虑不安，苦思报仇之计。恰在此时，田光将荆轲介绍给他，太子丹对荆轲高度礼遇，尊为上卿，准备让他前往刺杀秦王。

为了实施刺杀计划，太子丹预先花重金求得天下最锋利的

荆轲刺秦王画像石 ▲

利刃——赵国徐夫人匕首，以毒液淬之，见血封喉，被刺者立死。备齐行装后，荆轲在易水之畔与饯行众人话别。高渐离击筑，荆轲和着节拍唱歌，苍凉凄婉，送行之人无不涕泗交流。荆轲慷慨激昂地高歌一曲："风萧萧兮易水寒，壮士一去兮不复还！"送行之人怒目圆睁，头发直竖，帽子都被顶起来，荆轲登车而去，终不返顾。

荆轲以献秦国叛将人头和燕国地图的使者的名义到了秦国，向秦王献上燕国督亢地区的地图。当展开地图时，图穷而匕首见，荆轲趁机左手抓住秦王衣袖，右手拿匕首直刺向秦王。秦王大惊，抽身跳起，衣袖被挣断。慌乱之中，秦王想抽出身上佩剑击杀荆轲，由于惊慌急迫，不能即时从剑鞘中抽出长剑，受到荆轲的追赶，秦王只好转着殿柱跑，躲避追杀。按照秦国法律，群臣上殿不准带任何兵器。当时大臣们被这突发的事态吓得目瞪口呆，失去常态。仓促间，侍从医官夏无且用他所捧的药袋向荆轲掷去，侍从们提醒秦王，高喊："大王，把剑推到背后！"于是，秦王这才拔出佩剑，以剑攻击荆轲，荆轲被砍断左腿。残废了的荆轲举起手中匕首投向秦王，但没有击中，却击中了铜柱。这时，惊魂初定的秦王举剑再次攻击，一连刺伤了荆轲八处。荆轲毫不畏惧，倚在柱子上大笑大骂，被冲上来的侍卫们杀死了。

　　荆轲惊心动魄的刺秦壮举，看似为了报答太子丹的知遇之恩，不惜赴汤蹈火，万死不辞，实则借此侠义之行，完成其孜孜以求的惊天动地的伟业。这种舍生取义的侠义行为，正是其名垂后世的重要原因。荆轲以一介布衣的匹夫之勇，刺秦王未成而独擅美名，他的易水悲歌响彻千古。"燕赵多慷慨悲歌之士"成为燕赵地域文化的重要表征，决非偶然，从中可以看出武侠精神的力量所在。

　　隋唐以后，对侠义精神更加推崇，"重武崇侠"成为社会风尚。唐代传奇的出现，为武侠小说迎来了初澜。这是有着深刻的社会原因的。唐代自安史之乱以后，积弱不振，国脉如丝，藩镇拥兵自重，蓄养侠士刺客，互相征伐不已。百姓涂炭，黎民陷于水火，苦不堪言，期盼安定的生活，寄希望于豪侠义举，除暴安良，解民倒悬。因而晚唐

◀ 虬髯客像

虬髯客二
負心可嚴非公世界

97

传奇小说应运而生，侠义题材转炽，叙写武侠蔚成一时风尚，《红线》、《聂隐娘》、《虬髯客传》等堪称代表作。其中以《聂隐娘》对武侠的描写最为精彩。

聂隐娘是魏博节度使麾下大将聂锋之女，十一岁时被一个神通广大的尼姑收徒带入深山石穴，授以仙术、剑法、攀援术，能在白日之中刺杀罪大恶极的贪官污吏，人莫能见。艺成归来，聂隐娘自择夫君，嫁与一个磨镜少年。

《水浒传》版画 ▼

聂锋去世后，魏博与陈、许二州节度使刘昌裔不睦，互相争斗。魏博派聂隐娘前去行刺。刘昌裔能神算，料知聂隐娘夫妇前来，遣衙将迎接，并以礼款待。聂隐娘发现刘昌裔比魏博贤良，遂弃暗投明，留在刘昌裔帐下。魏博得知后，接连派出刺客精精儿、妙手空空儿前往行刺刘昌裔。精精儿被聂隐娘击毙，妙手空空儿被她施计击退，使刘昌裔免遭暗算。后来，刘昌裔准备入觐，聂隐娘不愿从行，与夫君入山归隐。小说描摹聂隐娘与精精儿、妙手空空儿斗智斗勇，富于奇思妙想，展现出光怪陆离的神异之境，为后世武侠小说剑仙斗法的描写开了先河。

从宋代开始，大量民间侠客的事迹见诸文字与传闻。城市经济和都市社会的发达使武术日趋普及，渗透到平民百姓生活之中。明初长篇小说《水浒传》经民间漫长的孕育积累之后，由文人加工、选汰与再创作而成，标志着武侠小说的完善

与成熟。书中不仅成功地塑造了聚义梁山泊的一个个行侠仗义的英雄形象，对他们超凡入圣的武艺也进行了细致入微的描绘，为后世所效法。

晚清武侠小说创作再兴，各类武侠小说大行其道，公案侠义小说可谓彬彬之盛。其中《儿女英雄传》、《三侠五义》、《七侠五义》等长篇武侠小说先后问世，通过评书艺人创作、文人编录和书肆、坊间竞相翻刻，推波助澜，广为传播。小说中塑造出一系列富于个性的草莽豪杰，各具风采。其中武术技击的描写真切翔实，颇具吸引力，加上情节曲折，绘声状物明快生动，极为口语化，从而赢得了众多读者与听众。

《三侠五义》是一部熔公案与侠义于一炉的章回体小说，长达一百二十回。前二十七回主要叙写包拯在展昭协助下锄奸除暴、秉公断案的故事，后部主要描写南侠展昭与北侠欧阳春，双侠丁兆兰、丁兆蕙（三侠），卢方、韩彰、徐庆、蒋平、白玉堂

《五义》以及智化、艾虎等武侠归顺朝廷后协助颜查散剪除叛藩羽翼的经过，塑造出一批肝胆义烈、善恶分明的侠客形象。他们除暴安良、体现一个"侠"字；扶危济困，讲求一个"义"字。在作者笔下，这些人物被刻画得活灵活现，正如鲁迅先生所评"为市井细民写心"，其叙事艺术历来被人称颂。在其影响下，一大批侠义小说接踵而出，形成洋洋大观的新小说流派。

清末民初武术的空前发展与普及，促进了中国现代武侠小说的诞生。民国年间，武侠小说迎来第三次浪潮，如泄堤之水，作品数以千计，作者多达百余人，形成以京津为中心的北派武侠小说和以上海为中心的南派武侠小说。作品题材大致可分为剑仙、技击、侠情、帮会等几大类。内容有良莠之分，立意有高下之别。一时间林林总总的武侠小说创作群星耀天，名家迭出，尤以向恺然、赵焕亭、顾明道、李寿民、宫白羽最负盛名。

向恺然（公元1889～1957年），笔名平江不肖生，湖南平江人。他的代表作《江湖奇侠传》广集江湖逸闻趣事，加以改编缀合，驰骋想象，结构大中套小，善设悬念，环环相扣，引人入胜。全书一百三十回，先连载于杂志，成书后畅销全国，流布东南亚。后改编拍摄为电影《火烧红莲寺》，风靡一时。

赵焕亭，生卒年待考。其代表作为《奇侠精忠传》，初集八

《火烧红莲寺》剧照 ▼

册，续集六册，共二百八十回，取材明清笔记、旧闻逸事，构思严谨，刻画人物生动，摹写社会风情精细，文笔流畅，开现代武侠小说新境界。

顾明道（公元 1896～1944 年），苏州人，体弱多病，擅写缠绵悱恻的悲情小说，后以写侠情类小说蜚声文坛。代表作《荒江女侠》，正续共六集，先后被改编为电影与京剧，写法上多虚幻之笔，侧重人情物理。

李寿民（公元 1903～1961 年），笔名还珠楼主，四川重庆人。代表作为《蜀山剑侠传》，先连载于杂志，销路极佳，后出版六十余集尚未终卷。此书结构宏大，情节繁杂，极富想象力，将名山胜境与剑仙奇侠糅合在一起，演绎其争雄斗胜的场景，光怪陆离，耸人听闻。

宫白羽（公元 1899～1966 年），原名宫竹心，笔名杏呆，山东东阿人。其代表作为《十二金钱镖》，全书五十回，叙写武林恩怨、群雄大战、惩恶扬善的故事，描摹武林功夫，情节曲折，文笔清新，拥有大量读者，上个世纪后半期，许多港台及东南亚地区武侠小说作者还自称师承宫白羽。

现代武侠小说至上个世纪40年代逐渐趋于衰歇，而港台新派武侠小说创作热潮蓬勃兴起。从50年代中期开始，以梁羽生的《龙虎斗京华》和金庸的《书剑恩仇录》为发端，新派武侠小说崛起，声势颇健，一发不可收，历时半个多世纪，至今未衰，成为武侠小说的第四次浪潮。其主要代表作家为金庸、梁羽生、古龙，一时瑜亮，被称为"新派武侠三大家"。

金庸（公元1924年~　），原名查良镛，浙江海宁人，出身书香世家。他从上个世纪50年代起开始创作武侠小说，成就

金庸 ▶

斐然，多达十五部，其中长篇十二部，中、短篇三部，他本人将其中十四部小说的书名首字编成一副对联："飞雪连天射白鹿，笑书神侠倚碧鸳。"分别指《飞狐外传》、《雪山飞狐》、《连城诀》、《天龙八部》、《射雕英雄传》、《白马啸西风》、《鹿鼎记》、《笑傲江湖》、《书剑恩仇录》、《神雕侠侣》、《侠客行》、《倚天屠龙记》、《碧血剑》、《鸳

鸳刀》，此外还有一个短篇小说《越女剑》。他擅长以历史长卷的写法，描绘众多性格各异的武侠群像，结构精巧，情节奇中有奇，巧中含巧。其作品中瑰丽神奇的武林世界极富诗情画意，美不胜收；青年男女忠贞不渝的爱情扣人心弦，儿女情长，令人荡气回肠。他的作品读者众多，有口皆碑。甚至有人说："凡有中国人、有唐人的地方，就有金庸的武侠小说。"金庸对武林掌故与门派技艺谙熟于心，写来得心应手，挥洒自如，以其生花妙笔为武侠小说开辟出一个新天地，名重天下，誉满四海，被人们誉为"武林文宗"、"金大侠"。

梁羽生（公元 1922～2009 年），原名陈文统，笔名梁慧如，广西蒙山人，出身书香门第。1954 年以《龙虎斗京华》一炮打响，从此致力于武侠小说创作，笔耕不辍，著作等身，被公推为新派武侠小说的开山鼻祖。在他的四十余种作品中，以《萍踪侠影录》、《白发魔女传》名声最著。他的武侠小说多采用中国通俗小说的章回体形式，同时借鉴吸收现代化表现手法，承古生新，把历史、言情、童话与武侠熔为一炉，创造出一种符合信息时代

書劍恩仇録 〔一〕 秘密結社 紅花会

金庸 KIN YŌ

岡崎由美 訳

◀《书剑恩仇录》封面

103

广大读者趣味的武侠小说新流派。其文字优美，极具书卷典雅之气，雅俗共赏，张弛有致。其作品中塑造的血肉丰满、个性鲜明的人物形象成为人们津津乐道的谈资。数学家华罗庚爱读他的作品，称赞"武侠小说是成人的童话"。梁羽生补充说："我同时还追求历史的真实性，讲现实主义。"

古龙（公元 1936～1985 年），原名熊耀华，祖籍江西，生于香港，后定居台湾。他从 1960 年发表第一部武侠小说《苍穹神剑》至 1984 年，共发表六十八部作品，其中以《绝代双骄》、《陆小凤传奇》、《楚留香》等最负盛名。他的创作在继承中国武侠小说传统的基础上求新求变、求突破，借鉴西方小说表现手法，如现代意识流、推理小说的写作技巧以及影视"蒙太奇"手法，创造出小说的散文化、诗化的叙述形式，剖析人物内心世界，使人物形象更趋深化，适应青少年读者口味。他以轻灵飘逸的笔法和神秘奇诡的风格取胜，构思奇妙，独创一格，别具风味。这使他在名家辈出中异军突起，作品风行天下。不幸的是，这位文坛怪才嗜酒贪杯，借醉消愁，英年早逝。

新派武侠小说驰骋文坛，他们的作品风靡海内外华人世界，久盛不颓，究其原因，这些作品多情武交融，情浓于武。随着他们的许多作品被多次改编成电影、电视剧热播，新派武侠小说受到一般群众的欢迎也就在情理之中了。

武术与电影

上个世纪20年代，随着中国电影文化事业的发展，出现了以武术为题材的武侠电影。1928年5月，上海明星影片公司推出了根据平江不肖生《江湖奇侠传》改编拍摄的第一部武侠片《火烧红莲寺》，由明星胡蝶、郑少秋等人饰演，拍摄运用了当时先进的声光等特技，把剑侠争雄斗勇时飞檐走壁、腾云驾雾的神奇场景再现于银幕，惝恍迷离，亦幻亦真，迎

◀ 李小龙

105

电影《猛龙过江》海报 ▲

合了观众的好奇心理，播放后造成轰动效应。人称红莲寺一把火"放出了无数的刀光剑影"。该片连拍四年，共二十八集，红遍大江南北和海外南洋。从此，武侠类功夫片发展迅速。武术文化与现代传媒手段的结合，使武术文化得到进一步传播与弘扬。

上个世纪70年代初，武侠电影在沉寂一段时日后，又因香港武术巨星李小龙的惊人功夫再次掀起热潮，并征服了中外观众，让全世界欣赏到"中国功夫"的神奇与魅力。李小龙（公元1940～1973年），原名李振藩，小龙为其艺名，原籍广东顺德，粤剧名丑李海泉之子。他少年习武，研练中国传统武术咏春拳。咏春拳为南拳之一，拳快而防守严密，攻防兼备，动作敏捷快速，实战性强。李小龙精于咏春拳，后在批判继承的基础上，集众家之长——包括以凶猛著称的泰拳，独创出截拳道。在他主演或编导的《唐山大兄》、《精武门》、《猛龙过江》、《龙争虎斗》等武打功夫片中，有目不暇接、令人窒息的经典打斗场面，塑造出富于民族自尊心的英雄形象，堪称惊世之作。他独创的截拳道，从字面上讲是截击对手攻击的方法。他反对花拳绣腿式的招数，崇尚直接攻击，速战速决，出其不意，攻其不备。它的三大要素是效率、直觉、简朴。李小龙的腿法出众，人称"李三脚"。其"连环三脚"绝技，在腾空跃起中三次转身踢脚，每次角度不同，一条腿踢到一半然后再决定该向高处或低处出击，快如闪电，变幻莫测，令对手猝不及防，难以招架。此外，他的寸拳功夫也极具威力，是其震慑强敌的撒手锏。

成龙（公元1954年～　　），原名陈港生，原籍山东。后改称陈元龙，又更名成龙。他以惊人绝技开创了武功艺术中谐趣武打的新门类，给人以忍俊不禁、妙趣横生的艺术享受。成龙幼时家贫，父亲为厨师，母亲为人帮佣。他从七岁开始入戏班学戏，十年间练就敏捷利落的身手，功底扎实。1978年开始涉足影视界，以《一招半式闯江湖》、《醉拳》等影片走红，逐渐形成以谐趣武打为主的清新俊逸风格。多年来，他主演了数十部影片，并成功进入美国好莱坞，进行国际合作，执导主演多部影片，成为票房价值最高的华人影星。

李连杰（公元1963年～　　），北京人。他练武多年，1974年被选入北京武术队，擅长刀术、长

▼ 电影《醉拳》海报

太极拳集体表演 ▲

拳与对练等多种武术，连续五次蝉联全国武术冠军。1982年因饰演电影《少林寺》中的觉远和尚，一举成名。1983年荣获国家体委颁发的体育运动荣誉奖章。此后，他移居国外，成功打入美国好莱坞电影圈，是继成龙之后又一名"中国功夫"明星，佳作迭出，享誉海内外。

1960年，中国武术开始对外交流，成为世界了解中国文化、加强中外交往的文化纽带。进入20世纪70年代以后，中国武术代表团作为中国人民的文化使者频繁出访，足迹遍及五大洲，为武术运动在全世界的传播贡献良多。北京申办第29届奥运会成功以后，中国体育的瑰宝武术开始了与奥林匹克运动更加亲密的接触。虽然武术还未成为北京奥运会二十八个正式比赛项目之一，但经国际奥委会同意，"北京 2008 武术比赛"将在北京奥运会期间举办，成为推广与发展中华武术千载难逢的机遇。2007 年 11 月，第九届世界武术锦标赛在北京举行，来自八十八个国家和地区的近千名运动员汇聚北京，是历届武术世锦赛参赛国家和地区及参赛人数最多的一次。中华武术深受世界各国人民的热爱，在这次盛会上再次得到印证。

　　武术是一种文明其精神、强健其体魄的体育运动项目。它秉承中华民族文化的优良传统，注入新的时代内涵，弘扬以天下为己任的爱国主义精神，追求崇高的人格和刚健有力的进取精神、厚德载物的兼容精神，善于从民族文化中汲取滋养，积极借鉴一切外来优秀文明成果。怀有这样的情愫，中华武术必将赢得更加灿烂的明天。中华文化犹如姹紫嫣红的百花园，武术文化堪称名花珍卉，更为园苑增香添色。春光如许，有幸徜徉其中，分享韶光美景，不亦乐乎！

图书在版编目（CIP）数据

中国功夫／关永礼编著．—南昌：百花洲文艺出版社，
2008．8
（中华文化丛书）
ISBN 978-7-80742-402-4

Ⅰ．中… Ⅱ．关… Ⅲ．武术–概况–中国 Ⅳ．G 852

中国版本图书馆CIP数据核字（2008）第110897号

中华文化丛书

中国功夫

关永礼 编著

出版者：江西出版集团·百花洲文艺出版社
　　　　（南昌市阳明路310号 邮编：330008）
电　话：(0791)6894736　(0791)6894790
网　址：http://www.bhzwy.com
发行者：百花洲文艺出版社
印　刷：江西华奥印务有限责任公司
版　次：2009年7月第1版第1次印刷
规　格：860mm×980mm　16开本
印　张：7.625印张
字　数：85千字
书　号：ISBN 978-7-80742-402-4
定　价：56.00元

（如印装质量有问题，请与印刷厂联系调换）
电话：(0791) 8368111